U0463916

玫瑰小巷的大事件

[芬] 玛尔雅塔·古莱涅米 著
[芬] 玛依雅·卡尔玛 绘
陈钰坤 译

北京出版集团
北京少年儿童出版社

版权合同登记号
图字：01-2019-1347

图书在版编目(CIP)数据

玫瑰小巷的大事件 /（芬）玛尔雅塔·古莱涅米著 ；（芬）玛依雅·卡尔玛绘 ；陈钰坤译. — 北京 ：北京少年儿童出版社，2021.7
（摆渡船当代世界儿童文学金奖书系）
ISBN 978-7-5301-6177-7

Ⅰ. ①玫… Ⅱ. ①玛… ②玛… ③陈… Ⅲ. ①童话—作品集—芬兰—现代 Ⅳ. ①I531.88

中国版本图书馆CIP数据核字(2021)第129161号

摆渡船当代世界儿童文学金奖书系
玫瑰小巷的大事件
MEIGUI XIAOXIANG DE DASHIJIAN
［芬］玛尔雅塔·古莱涅米 著
［芬］玛依雅·卡尔玛 绘
陈钰坤 译
*
北京出版集团
北京少年儿童出版社 出版
（北京北三环中路6号）
邮政编码：100120
网址：www.bph.com.cn
北京出版集团总发行
新华书店经销
三河市天润建兴印务有限公司印刷
*
880毫米×1230毫米 32开本 6.125印张 123千字
2021年7月第1版 2021年7月第1次印刷
ISBN 978-7-5301-6177-7
定价：28.00元
如有印装质量问题，由本社负责调换
质量监督电话：010-58572393

捧起厚厚的漂亮

梅子涵

你已经是一个十来岁的小孩了吗？那么你应该捧起一本厚厚的文学书了。是的，厚厚的文学书，一个长长、曲折的故事，白天连着黑夜，艰难却有歌声嘹亮。

当你捧起，坐下，打开，一页页翻动，一章章阅读，你竟然就很酷很帅，你是那么漂亮了！

因为你捧着了文学。因为你有资格安安静静读一个长长的文学故事。你走进它第一章的白天的门，踏进第二章夜晚的院子，第二十章……最后从一个光荣的胜利、温暖的团聚、微微惆怅的失去里……

走出来。亲爱的小孩，你知道这也是一种光荣吗？文学的文字给了你多么超凡脱俗的温暖亲近。你是在和情感、人格、诗意团聚呢！而这一切，对于一个没有资格阅读的小孩和大人，又是多么惆怅的缺丧，如果他们连这缺丧也感觉不到，那么就算是真正的失去了，失去了什么？失去了生命的一个重大感觉，失去了理所当然的生命渴望。

我知道，你会说："我听不懂你说的！"可是我确定，你阅读了一本本厚厚的文学书，阅读过长篇小说以后，就会渐渐懂了。因为到了那时，你生命的样子更酷更帅更漂亮了，你闪烁的眼神里满是明亮。

我真希望我是一个和你一样的小孩，我就开始捧起一本厚厚的文学书，我要读长篇小说了！

目录

欧奈莉、安奈莉和孤儿们 / 1

欧奈莉、安奈莉和催眠钟 / 93

欧奈莉、安奈莉和孤儿们

讲讲玫瑰小巷的人们

有天早晨，三辆卡车开进了玫瑰小巷。

卡车上装满了建筑材料——砖块、木板和钢筋等，停在了欧奈莉和安奈莉的家门前。一群工人从车上跳下来，往对面那片空地上搬东西。那片地一直没有建房子，树和野草长得十分茂盛。欧奈莉和安奈莉觉得那是个很美的地方。

不过现在树被砍倒了，地面也被推平了。地上被挖出几个大坑，工人们开始浇筑地基。慢慢地，墙建起来了。墙是用粗糙的灰砖砌的，上面只有几扇窗户，每扇都特别小。这栋房子一点也不美观。

房子建好之后，院子里剩下的建筑边角料都被清理干净，院子被铺成了柏油地面。最后，院子四周建起了高高的铁栅栏。栅栏的栏杆很密集，中间的缝隙连猫都钻不过去。玫瑰小巷的住户安奈莉和欧奈莉、乌尔普卡夫妇、丁蒂娜和珰蒂娜都好奇地观察着这栋房子，对它丑丑的外观感到惋惜，也很想知道究竟是谁要搬进这里。

这个问题的答案不久就揭晓了。有一天，高高的格栅门上方钉了个铁铸的标牌，上面用几个粗糙的大字写着“孤儿之家”。

住户来了。他们从一辆灰色的搬家卡车上走了下来。

先下来的是一个又高又瘦的黑衣女人。她踩着一双高跟鞋，走路时鞋跟当当作响。她头发的颜色像脏兮兮的拖把，戴一顶帽檐硬邦邦的帽子，鼻梁上架着一副黑框眼镜。她身后跟着二十个孩子，都穿着灰色衣服，看起来很害怕的样子。他们神色黯然地打量着大门、铁栅栏和房子，什么也没说。他们排成两队，跟在女人身后走进房子里，消失在一片黑暗之中。

欧奈莉和安奈莉倚在自家大门上

看着他们。

“看到了吗？”欧奈莉悄悄说。

“看到了。”安奈莉回答。

“你觉得是什么情况？这看起来有点奇怪，是吧？”

“没错。我从没见过这么垂头丧气的小孩子。”

“我也没有。不过可能孤儿就是这样的吧。”

“也许是吧。他们没有妈妈，也没有爸爸，一定很难过。但我还是觉得这很奇怪，那个女人更奇怪。”

“她肯定是他们的护工。我觉得她好严肃啊。”

“我也觉得。她身上有什么地方怪怪的，好像有什么我很熟悉的东西，但说不上来。”

“不是吧，难道她是阿黛莱？”

“当然不是，肯定不会是阿黛莱。那么……”

女孩们没有再去想新邻居的事，因为夏天快要到了，有很多事情要做。她们必须收拾好玫瑰花丛，把种子种到菜地里，耙一耙草坪，再清理河岸。还得时不时去看望看望邻居，帮帮忙。

丁蒂娜和珰蒂娜院子里收获了最后一茬气球。帮她们收气球是一件很好玩的事情。瓦普节的时候气球长得最好，不过现在院子里也依然到处都盛开着明黄色、亮红色和蓝色的气球。有一棵气球长得有些怪异。它的茎长高了，上面长出了鲜艳的红色花苞，仿佛还带着怒气，花苞却迟迟不盛开。

“这里面的东西会有问题吗?”丁蒂娜颇为困惑。

“我也这么想过,”玛蒂娜说,“里面可能是什么奇怪的东西。”

“弟弟维克蒂杜斯春天不是来过吗?他还说不小心把某个

瓶子里的东西倒到土里了。难道是因为这个？瓶子里到底是什么？”

“你说得对，丁蒂娜，”珰蒂娜说，“我记起来了，就是倒在这气球园子的某个地方。”

“维克蒂杜斯总会搞出点意外。”丁蒂娜发着牢骚。

不过除此之外，丁蒂娜和珰蒂娜的花园近乎完美。蜡烛种子在蜡烛长台上抽出了美丽的嫩芽，微弱的烛苗破土而出；圣诞星星努力地在花茎上鼓出花苞；旗子藤蔓绕着旗杆生长，发出呜呜的低语声。

另外一个邻居家，乌尔普卡警官和柔西娜女士的春日活动也很有趣。

柔西娜女士冬天烤制了一大批小猪存钱罐和公鸡陶笛，全被放在靠院墙的一个架子上晾干——架子是靠着向阳的一面院墙搭起来的。公鸡陶笛加入了鸟儿们的春天音乐会，笛声与欧椋鸟、黄莺的歌声竞相响起。一时之间玫瑰小巷到处回荡着音乐声和鸟儿的啼啭。每天晚上，乌尔霍·乌尔普卡会坐在门廊上，拿起公鸡陶笛，和着鸟儿的鸣叫声演奏。

在下面的河岸边，瓦克萨黑莫一家在自己的小地盘上辛勤忙碌着。瓦克萨黑莫女士进行了春季大扫除，把他们住的整个瓦涵杜伊宁庄园清洗了个干净，通了风；瓦克萨黑莫奶奶把菜园全部翻了一遍土，在里面种上了小个儿的土豆、甜菜根和豌豆；莉莉负责照料小鸡；布迪爬上爬下，到处给别人捣乱；瓦克萨黑莫先生收拾好了他的图书馆，给自己喜欢的书腾出了一些空间；小宝宝在沙坑里烤沙子面包。瓦克萨黑莫女士时不时从窗户往外瞥一眼，感到开心和满足。

玫瑰小巷的人们是如此幸福，日子过得顺顺畅畅。

除了孤儿院。那里看起来一点都不快乐。

还是说，这只是邻居们的想象？

神秘来客

河上有一艘船顺流而下。

更确切地说，那只是一只筏子，上面有一个用木板和纸板建成的小棚屋，小到刚刚能容下一个体形小巧的人。除了容身的空间，棚屋里还有一个炉子，屋顶的烟囱上往外冒着袅袅青烟。一阵噼啪声响起，烤鱼的香味传了出来。

突然间，砰！筏子斜了一下，小棚屋差点翻倒。门口露出一个毛茸茸的脑袋，骂起了脏话（不是很严重的脏话，只是轻微地骂了一句）。

筏子撞上了岸边突出来的码头。

小屋里的人终于出来了，他想把筏子拉回河道继续行驶。但他望了望四周，发现河滩上很舒适，便把筏子拴在了码头的柱子上，然后坐到筏子边缘，一边观察着小河湾，一边吹着口哨。

看起来真是个很友好的地方啊。

在河湾的尽头，有一片半月形的黄色沙滩。有着白色树干的高大桦树生长在水边，从深色的河水中欣赏自己的模样。河湾的一头是茂密的树丛，树丛里传来连绵不断的鸟儿歌声；另一头是海岬，几乎像是一座岛屿。海岬上生长着歪歪扭扭的爆竹柳，爆竹柳下有一个奇怪的石头堆，那里似乎有什么东西在动。不过男孩——如你所见，这个观察者是个男孩——没太分辨清楚那到底是什么。是水鼠吧，他想。

码头里面是一个小小的红色桑拿房，有条路从房子一角向上延伸出去。两个十几岁的小女孩正沿着小路走下来，一个女孩的头发是深色；另一个是浅色。她们开心地挥着泳衣和毛巾。

注意到筏子，女孩们停下来。

“嘿，你看！”欧奈莉说。

“那是什么？”安奈莉问。

“这是只筏子，”男孩说，“如果你们之前见过的话。它的名字叫作‘神秘来客号’。”

“那你也是神秘来客吗？”安奈莉好奇地打量着男孩。男孩长着一头浓密的稻草色头发，一双棕色眼睛看起来很活泼，脸颊红红的。他的耳朵有些奇怪，好像是从脑袋两边伸出来的，因为太过突出，使男孩看起来很警惕，仿佛没有什么是这双耳朵听不到的。他穿着一件有些破烂的条纹上衣和一条褪色的牛仔裤。他的肤色是棕色的，仿佛是用柏油上过色一般。

“也可以这么说吧，”男孩回答，“我的名字叫佩吉。你们是谁呀？”

“我是安奈莉。”安奈莉说。

“我是欧奈莉。”欧奈莉说。

“啊哈，你们一定是姐妹吧，和你们亲爱的爸爸妈妈一起住在一座小小的红色屋子里，过着幸福的生活，就这样一直到生命尽头。”男孩边说边咧着嘴笑。

女孩们大笑起来。

“不对！你猜错了！”

“什么？我竟然猜错了？我从没猜错过。”

“你也没全都猜错，有一半是对的。”安奈莉说，“首先，我们不是姐妹。”

“第二，我们没和亲爱的爸爸妈妈一起住，只有我们俩住在一起。”欧奈莉说。

“但是确实过着幸福的生活，希望能一直这样过下去，”安奈莉说，“这一点当然是没猜错。不过，你是谁呢？”

“你们已经听到过答案了。”佩吉说。

“除了是佩吉，是神秘来客之外呢？你是做什么的？你从哪里来，要到哪里去？”

“怎么这么多问题。我不知道我能不能回答这么多。向别人介绍自己之前，我得知道能不能信任这个人吧。”

“我们是值得信任的！”欧奈莉有点恼火。

“那如果你们马上跑掉了，还到处去和你们碰到的人说怎么办呢？”男孩说道。他的耳朵看起来更加警惕了。

“我们不是那样的女孩，”安奈莉说，“我们一定能保守秘密的。我们自己也有秘密呢。”安奈莉瞥了一眼爆竹柳的方向，那里掩映着瓦克萨黑莫一家藏身的房子，他们这会儿正透过图书馆的窗户偷看这个奇怪的旅行者。

佩吉笑了，他也转头看向那堆石头。“啊哈，水鼠的窝。

那就是你们保守的秘密吗?”

“嚯，水鼠!”欧奈莉满不在乎地大笑起来，她突然反应过来，害怕地用手捂住了嘴。瓦克萨黑莫一家的秘密可不能泄露给任何人，哪怕是偶然路过的人也不行。

“啊哈！那里面有什么东西吗？一定得瞧个清楚。”佩吉动起来，仿佛要立刻跑去石头堆一探究竟。

“您要是没什么别的事要做，也该继续旅行了。”安奈莉说，“这是我们的河滩，私人区域。”

“别呀，不要害怕，我并不想窥探你们的秘密，”佩吉说，“我已经了解了，你们清楚秘密有多么重要，我也当然会继续我的旅行。你们这片河滩太美了，我就停下来欣赏了一会儿，有时候神秘来客会做出这种事的。”

佩吉弯下腰，解开了拴筏子的绳子。

欧奈莉和安奈莉对视一眼。

“我们肯定伤害到你了吧？”安奈莉说，“我们本来不是这个意思的。”

“你今天吃过早餐了吗？”欧奈莉问，“我们刚做好了早餐，打算吃早餐之前先来游个泳。”

佩吉朝小棚屋看了看，拿出了一个空的煎锅，说：“哦，我的早餐正在这里做着呢，不过筏子撞上码头的时候，煎锅翻了，鱼从筏子的缝隙掉进了河里。我的早餐现在都不知游到哪里去了，或者进了谁的嘴里。”

“不过这样的话，你就可以来和欧奈莉、安奈莉一起吃早餐了。”安奈莉说。

“谢谢你们，我也没什么可以回报的。”

三个人扎进水里游了会儿泳，佩吉检查完筏子是否停好。游完泳，他们沿着岸边小路朝欧奈莉和安奈莉家跑去。女孩们已经在门廊里提前摆好了早餐。安奈莉进屋又拿了一个盘子，她们俩很兴奋地观察着佩吉尝食物的反应。

早餐过后，女孩们领佩吉参观了她们的房子，介绍了每一间房间。听众佩吉对每个地方都很感兴趣。

在玩具屋里，安奈莉向佩吉展示了很多有趣的小玩意儿，说："那边是娃娃屋，瓦克萨黑莫一家在那里面住了一冬天——哎呀糟了！"安奈莉赶紧用手捂住了嘴巴。

可是佩吉就像是什么也没听到一样。"你们可真是幸运儿，"他说，"生活得无忧无虑。而我的生活就没那么幸福了。"

安奈莉和欧奈莉沉默了一会儿，然后安奈莉说："但是你也过得很惬意吧，就那样乘着筏子顺着河流漂来漂去。"

"这个嘛，空气确实很不错。但碰到下雨时，也会想是不是可以去做些更舒服的事情。不过想也没用。"

"那你为什么不回家呢？"欧奈莉问。

"如果有家，我会回去的，"佩吉说，"要是我不用做那件重要的事情的话。"

"你没有家吗？"欧奈莉睁大了眼睛。

"你有什么重要的事情吗？"安奈莉也睁大了眼睛。

"有。没有，我没有的。呃，我的意思是说，我没有家，不过我有非常重要的事情要做。我正准备去打劫。"

"去打劫？"女孩们压低声音，一脸震惊。

"没错。我计划去抢劫一个孤儿院。"佩吉说。

听听曲折离奇的故事
认识新朋友，盗贼联盟成立

欧奈莉和安奈莉盯着佩吉。佩吉计划抢劫孤儿院！还有比这更可怕的事吗！

"你，你……"安奈莉太气愤了，以至于一时喘不过气来。

"你真是卑鄙！"欧奈莉同样愤怒。

"抢劫孤儿院！你不羞耻吗？"

"想想那些小孤儿吧！"

“我就是在替他们着想啊，”佩吉说，“我打算把他们从孤儿院里抢出来。”

接下来是一阵长长的沉默。

终于，安奈莉开口了：“为什么呢？”

“那简直是世界上最可怕的地方。我知道这些，是因为我自己也曾经在那里待过。”

“那现在呢？你是怎么出来的？”欧奈莉问。

“我逃出来了。”佩吉说，“孤儿院搬家了，他们在某个地方建了一栋新楼。混乱之中我成功逃脱，但是没能带上我弟弟，他留在了孤儿院里。不管怎么说，我也要把他带出来，其他人也是，能带出几个算几个。”

“孤儿院里真的那么可怕吗？”欧奈莉问。

“我不知道是不是所有孤儿院都一样，但这里就是如此。自从我们有了新的女院长，就是这样了。”

“她是个什么样的人？”安奈莉问。

“这我可以说上一整天，”佩吉说，“但是不行，我得继续我的旅程了。在你们这里待着真的很好玩，我可以待好久。不过，每当我想起女院长明娜·比娜，我就会记起在她那里的每一秒钟都是多么漫长。我必须要抓紧时间了。”

“你知道这个孤儿院现在在哪儿吗？”安奈莉问。

“我不太确定，不过一定是这附近的某个地方。”

女孩们默默思考了一会儿。

“不久之前，我们家旁边搬来了一个孤儿院。”欧奈莉说。

“搬来的？会是我说的那个吗？”

“不知道，”欧奈莉说，“我们可以去看看，从我们家门口就能看见。”

他们走到大门口，站在那儿观察了一会儿。

为了安全起见，佩吉藏在玫瑰花丛后面。如果确实是那个孤儿院，他可不想被人看到。

他身体的皮肤是棕色的，像豆子一样，可他的脸颊却十分苍白。

在铺着柏油地面的院子里，灰色的楼房四周一片沉寂，毫无生气，一朵花也没有，一根草的影子也看不到。院子里也没有任何垃圾，几乎连一粒灰尘都没有。

“看来没错，”佩吉回忆起来，“不管怎么看，这都是她理想中的孤儿院的样子。”

这时，里面的门开了，一群穿着灰色衣服的孩子排着队走出来。走在他们后面的还是之前那个又高又瘦的女人，穿着当当响的高跟鞋。孩子们在院子中间围成一圈，手拉着手，开始严肃缓慢地转圈圈。女人站在圆圈中间，用手打着节拍。

“唱起来！”她喊道。

孩子们开始用毫无色彩的单调声音唱歌。

佩吉没出声，躲在栅栏后面观察着。他眉头紧锁，说道：“这正是我在找的那个孤儿院。现在他们在做的，就是院长明娜·比娜所说的玩耍时间的活动。那个长着招风耳的浅色头发小男孩就是我弟弟蒂米。”

“我有些明白你的意思了，那个孤儿院真的很可怕。”欧奈莉说。

“明娜·比娜，”安奈莉说着，皱起了眉头，“奇怪，我为什么觉得这个名字这么熟悉呢。就是站在圆圈中间的那个人吗？”

“是她，尊贵的明娜·比娜院长。”

“明娜·比娜……明娜？不会吧，我认识她！”安奈莉惊呼。

“这可不是什么值得庆祝的事。”佩吉说。

“她是爸爸家的保姆，当时爸爸和妈妈没有住在一起。”安奈莉说，“我都快把她忘了，但我太了解她了。我现在记起来了，爸爸妈妈当时解雇她，就是因为她没有好好照顾我。不过那时，我觉得这是件幸运的事，不然的话，我就没办法和欧奈莉一起搬来玫瑰小巷了。所以说，现在她变成了孤儿院的院长？唉，可怜的孩子们！”

“和我说的一样，”佩吉说，“那么你现在或许能理解了，我为什么要逃走，我为什么要把我弟弟和其他孩子从那里抢出来。”

“当然理解。”安奈莉说。

“你有没有注意到房子外面围着的铁栅栏有多高，”欧奈莉说，“这可不是件容易的事情。”

“肯定不容易，”佩吉说，“但我想了一个办法。”

孩子们已经拖着双腿做完了转圈游戏。

“表情开心点，”院长喊道，“这是玩游戏时间。笑起来！一二三，就现在！”

“哈——哈——哈——”听起来很无力。

“现在排成两队。娱乐结束了，开始工作吧。站好！你，那边那个孤儿，你往旁边看什么！你别吃晚餐了。”

“肯定又是我弟弟，”佩吉说，“这种事总发生在他身上。”

“不一定是他吧，”欧奈莉说，“她又没叫蒂米。”

“院长从不叫任何孩子的名字，”佩吉说，“对她来说，所有孩子都只是孤儿。孤儿，过来！孤儿，过去！孤儿，赶紧忙

活起来！她就是这样称呼的。”

“太恶劣了！”欧奈莉叹气道。

“佩吉，我有个主意，”安奈莉坚定地说，“我们来成立一个盗贼联盟吧。”

“啊哈！”欧奈莉说。

佩吉听了，耳朵看起来更加机警了。

“盗贼联盟的任务就是把那些孩子从孤儿院里救出来。”安奈莉继续说。

“那盗贼联盟里都有谁呢？”佩吉眨着眼睛问。

“肯定有我和欧奈莉呀，”安奈莉说，“你说呢，欧奈莉？”

“当然，我也想加入。”欧奈莉说。

“或许还会有别人和我们一起。”安奈莉神秘地说。

“你接受我们的加入吗，佩吉？”

佩吉的眼睛一亮，“当然！你们真是两个正直的女生！神秘的来客可是很清楚自己的船头撞到了哪个码头上呢！”

盗贼联盟壮大起来，开始行动
关于“水鼠”的更多讨论

几人商量着，女孩们想让佩吉留在她们的房子里住下，但是由于习惯了河流，佩吉更想去岸边住。于是他搬到了桑拿房，这样，他也可以照看自己的神秘来客号小筏子。小筏子已经有一半被拖到了岸上，这样它就不会挡住航道，或者顺着河水漂走。

佩吉现在有很多时间住在岸边，欧奈莉和安奈莉必须要对瓦克萨黑莫一家说明情况。

瓦克萨黑莫先生认真地听女孩们讲述事情的来龙去脉。

“你们也知道，你们大个子中越少人了解我们这些人的存在和我们家的情况，我和我的家人就会感觉越安全。想想以前发生过的事情，也很容易理解这点吧？但另一方面，你们所说的刚搬来玫瑰小巷的那家孤儿院的事情，很让人震惊。我和我的家人很难帮你们去策划什么，但是你们提到的盗贼联盟，我们可以立刻加入支持。总的来说，我完全同意你们的计划。那个有活力的男孩能把拯救无助可怜的孩子们作为自己的责任，我也十分赞同。我和我的家人们很荣幸能结识这样一个人。”

于是，佩吉得知了瓦克萨黑莫一家的秘密。

“原来如此，他们就是你们之前说的水鼠啊。”他对安奈莉和欧奈莉说。

“抱歉。不过我们可从没说过什么水鼠，是你自己想出来的。”安奈莉说。

现在得考虑要用什么方法来实现目标了。

“首先，”佩吉说，“我们必须给他们传信说我们来了，并且要开始解救他们。但是，这信息怎么才能传递过去呢？”

“找个合适的时候站在栅栏外面喊两句。”欧奈莉提议。

“那么，这声音首先会传到院长耳朵里，她的听觉比蝙蝠还灵敏。”

“那里就没有其他大人了吗？等看到他们中的某个人时，试着跟他套近乎，或许我们可以把那个人拉到我们的阵营来。”

佩吉沮丧地摇了摇头，“那里没有别人了，所以明娜·比娜才能当院长。因为她承诺说，不需要别人的帮忙就能把事情都做好。这样一来，市里需要负担的支出就更少。”

“她可以自己做完吗？她一定要做非常多的事情吧，要照顾二十个孩子呢。”欧奈莉说。

“正相反，是二十个孩子在照顾她。她自己手指头都不动一下，除了指挥什么也不干。那里的孩子们把所有的活儿都干了——打扫、做饭、洗碗、洗毛巾、熨衣服、缝补衣服，还要把所有东西准备好放到院长面前。”

“他们做这些工作能拿到工资吗？”安奈莉震惊地说。

“一分钱都没有，”佩吉说，“但是院长会从每个孩子的工作里得到固定的工资，我相信她发现我逃跑以后一定很生气。因为我，她这个月应该损失了不少。”

“哦，这太不正常了。”欧奈莉叹了口气。

“那些用来给孩子们买食物和衣服的钱被她省了下来，每次有人稍微违背了一点规定，她就会惩罚他们，不许他们吃饭，她自己就能因此获利了。衣服的质量都一样，全是用最便宜的布料做的。几乎没几个孩子能穿到合适的衣服，有的孩子穿太大，有的孩子穿太小。可是如果有孩子抱怨衣服太紧，院长就会说，那是因为贪吃了太多食物，然后这个孩子一定会被罚少吃一顿饭。”

“真可怕。”安奈莉难过地说。

“那如果我们写封信扔进院子里呢?”欧奈莉思考着。

“院长的眼睛像鹰一样敏锐，她一定会首先注意到的，那就完了。而且你们应该能理解，她不能知道一丁点儿我在这里的信息，不然她会来把我抓回去的。”

“但是我们有乌尔普卡警官做邻居，他一定会帮我们的。”安奈莉说。

“这我可不太确定，”佩吉说，“我相信乌尔普卡警官是个很好的人，不然他也不会成为你们的朋友。不过，不管怎么说我也是个逃出来的人。如果院长已经登了找我的寻人启事，那警官一旦知道我在这里，为了尽他的职责也必须把我抓起来，送回孤儿院去。”

“这太糟糕了，”欧奈莉和安奈莉不住地叹气，“我们不能向他透露你的任何消息。最重要的是，我们也不能和丁蒂娜、珰蒂娜说。虽然她们和我们很亲近，但很可能一不小心就会说漏什么。”

情况真是棘手。

“要不，我自己偷偷溜进去，把弟弟抢出来，然后能带出多少孤儿就带多少。”欧奈莉说，“但是铁栏杆太紧密了，没办法像只老鼠一样钻过去。”

忽然，佩吉吹了声口哨。“你说到点子上了，”他大喊一声，“水鼠！水鼠可以帮我们！”

“你又开始说水鼠了，那是什么奇怪的东西，这片土地上根本没有这样的东西啊。”安奈莉说。

“瓦克萨黑莫一家！布迪可以帮我们！他可以趁着天黑溜进孤儿院，把信送到合适的地方，让某个孩子发现。他们所有人都和蒂米一样值得信赖，都在等着我回去找他们呢。我离开之前向他们承诺过。”

“你要给他们写什么呢？这封信目前还没什么太大作用。”

“等着吧，我已经有计划了。首先，得让布迪答应我们才行。”

“布迪一定随时整装待发，但他的父母能同意吗？想想吧，万一院长把布迪扣住了呢？”

“不会的，”佩吉漫不经心地说，“明娜·比娜院长是一个很固执的女人，你应该知道的，安奈莉。不过她也有一个弱点，大大小小的老鼠她都害怕。我们给布迪穿上大老鼠的衣服作伪装，就不会有麻烦了。就算院长看到布迪，她也什么都做

不了，只能站在椅子上尖叫——我就见过这情形。”佩吉边说边咧着嘴坏笑，一脸恶作剧的表情。

盗贼联盟向瓦克萨黑莫一家说明了计划。瓦克萨黑莫夫人脸色一下就变白了，抓住布迪的肩膀护住了他，但瓦克萨黑莫先生说：“既然你们信任布迪，相信他能完成这件事，那么布迪自然可以承担这个任务。我要是年轻点儿，会自己去的。可是我的行动恐怕已经没有那么敏捷了。我的孩子布迪，你有勇气去完成这项艰巨的任务吗？”

“太好了，太好了，我现在也是盗贼联盟的一员了，对不对！”布迪大喊起来，“我现在就去！要是那个女人扇我耳光，

那我就用拳头打她，那样的话……”

“停，停，”瓦克萨黑莫先生说，“先别冲动，布迪。这项任务要求很高，要小心谨慎，还要能冷静缜密地思考。”

“知道知道，我非常谨慎的。我就像印第安人一样悄悄地溜过去，等那个老女人来了，我就大喊‘举起手来’，然后我就冲她屁股开枪，嗒嗒嗒嗒……”

“冷静一下，布迪。我发现你对这项任务的理解完全错了。”瓦克萨黑莫先生忧心忡忡地说。

现在轮到佩吉来解释布迪到底要做些什么。当布迪听说他要穿上大老鼠的伪装服时，他明白了自己要像秘密警察一样行动。

大家决定不再浪费时间，让布迪当天晚上就去孤儿院。佩吉回桑拿房写好了信，以下是信的内容，佩吉的计划：

嘿，朋友们，我是佩吉，我现在住在孤儿院对面，我很快就来救大家出去。照此行动：从M.P（明娜）那里拿到钥匙，在肥皂上印一个模子。玩耍时间时，找个人把肥皂丢出栅栏，我会准备好接住。之后保持警惕。

佩吉

瓦克萨黑莫先生毫不迟疑就同意了，而且认为这个计划很不错。

欧奈莉和安奈莉此时正忙着给布迪准备伪装服。欧奈莉剪了自己的天鹅绒帽子，把它缝成一个袍子；安奈莉用深灰色的毛线织了一条长长的尾巴。布迪穿上衣服，四肢着地的时候，看起来真的很像一只大老鼠。

现在就等夜晚到来了。也不知道此时是谁的心跳得最快，佩吉、欧奈莉和安奈莉、布迪，还是瓦克萨黑莫夫人。

夜幕降临，灰蒙蒙的阴影笼罩了孤儿院

等了好久好久，夜幕终于降临。即便如此，也只是天空的

阴影更浓些而已。毕竟已经到了六月，进入了一年中天光最亮的季节。

天空中有云，远处传来低沉的隆隆的雷声。

太阳落山后，欧奈莉和安奈莉把布迪叫了出来。瓦克萨黑莫先生和夫人当然很想跟来看儿子的壮举，欧奈莉和安奈莉就把他们放在了那个熟悉的手套篮子里带过来。现在，大家都等在欧奈莉和安奈莉家的大门旁，监视着孤儿院。那里十分安静，没有一点声音传出来，只有楼上的几扇窗户亮着灯。

“那很明显就是院长的房间，”佩吉低声说，“我很确定，孩子们的房间里根本不会有灯，在以前那个地方就没有。天黑后孩子们就得睡觉，可不值得为他们浪费电——这就是明娜·比娜的想法。而她自己当然是要享受光亮的。”

不过，有亮光的窗子也一扇接一扇暗了下去。看起来，院长有好几个房间。最后那扇亮着灯的窗户也没了光亮了，院长睡觉了。

“就是现在！”佩吉说。安奈莉把哈欠压了下去。布迪倒是比以往任何时候都兴奋。

“当然了，我觉得不让我打她是不对的，”他激动地说，“这种冒险真是索然无味，我只是个邮递员罢了。”

佩吉把信卷了起来，布迪把它藏在大老鼠伪装服下面。瓦克萨黑莫夫人偷偷抹了抹眼泪，瓦克萨黑莫先生则摆出一贯的严肃姿态，他先清了清嗓子，然后郑重地对儿子叮嘱几句。

佩吉的送信计划非常简单，瓦克萨黑莫先生对此十分支持，他说，往往只有简单的计划才能成功。布迪当然不可能进到楼里面，所有的门窗都关了。布迪的任务是在台阶上找个合适的角落把信放好，要保证院长早上出来开门时不会注意到，而当天负责扫地的孤儿打扫台阶时会发现。之后，布迪就要赶快穿过院子跑回来，就这样。

“记得要严格按照我们计划的去做。”瓦克萨黑莫先生说。

“最重要的是，一定要小心，布迪宝贝。”布迪那小小的身影从栅栏缝隙溜进院子时，瓦克萨黑莫夫人低声嘱咐道。

大家屏住呼吸，目送影子穿过灰蒙蒙的石头院子。现在，他到了台阶那里。他停了下来，看起来有点犹豫。然后他们看到那影子艰难地爬上第一级台阶，又爬上第二级，又爬上第三级——这是最高的一级。

“不对，”佩吉焦虑地低声说道，“他应该把信放在第二级台阶的角落里。”

这时传来三声枪响。

“这是什么！怎么回事？布迪在哪儿？”瓦克萨黑莫夫人紧张地喊起来。

瓦克萨黑莫先生则淡定地说：“这个淘气鬼，我早该猜到的，他肯定会搞出这种事情来！”

布迪困难重重的冒险

其他人只能留在栅栏外面，大家都紧张得瑟瑟发抖，时刻注视着布迪的大冒险进展。

正如我们猜到的那样，布迪决定按自己的方式行事。他偷偷拿了个东西——瓦克萨黑莫先生的手枪。阿黛莱和她的同伙紧追瓦克萨黑莫一家时，瓦克萨黑莫先生准备了这把手枪。幸运的是，瓦克萨黑莫先生从没用到过这把枪，但是枪里装满了子弹。

现在，在孤儿院紧闭的大门前，布迪掏出了这个武器，朝天开了三枪。

枪只有回形针大小，声音不是很响，却很清晰。在寂静的夜晚，很小的声音听起来也会很响亮，很引人注意。

现在是怎么回事？或者说有没有事呢？

有事。

楼上的某扇窗户里有光亮了，随后，门两边的两扇又窄又高的窗户也亮了——门廊灯亮了。然后——最可怕的是——一道光洒在外面，门口出现了一个又高又瘦的身影。

“这是什么伎俩？是哪个孤儿站在这里？这是什么吵闹的声音？快回答！”

没有任何回答。院长盯着外面看了一会儿，然后把门关上了。片刻之后，门廊的灯熄灭了，最后楼上的灯也灭了。

“布迪在哪儿？我看不到他。”瓦克萨黑莫夫人低声说。

“我觉得他溜进里面去了。”佩吉说。

“里面?！糟了！他想过该怎么出来吗？”瓦克萨黑莫先生大声说。

“布迪！我的宝贝！在孤儿院里！”瓦克萨黑莫夫人低声惊呼，昏了过去。

布迪十分机智地进到了孤儿院里面，可是就像爸爸猜测的那样，他完全没想过另一件事——他还得从这里出去。

好吧，不管怎么说，他现在已经把自己关进了大门背后的黑暗之中。

刚才，院长巨大的棕色拖鞋就在他旁边，可是她的眼睛盯着远处的院子，并没有注意到布迪。院长自言自语地说着什么鸟啊打雷啊之类的话，把门关上了。她穿过门廊，走到孤儿们的房间门前，在黑暗中大喊一声：“孤儿们，谁没睡？明天不许吃早餐！”

什么声音都没有。

院长关好门，熄掉门廊的灯，上楼回自己的房间去了。奇怪，她是怎么能让拖鞋鞋跟也当当响的？

布迪在角落里等了一会儿。现在他知道孩子们在哪里了，院长给他指出来了。布迪溜到门口，院长没有把门完全关紧，留了一条小缝。布迪把腿蹭进门缝，使劲推了推，让门缝变宽了一点，正好能钻进去。

二十个孤儿都睡在同一间房间里。这是一间阴郁的房间，没有一丝欢乐的氛围，里面除了床和放在每个床头的凳子外，什么家具也没有。窗户很小，位置很高，夏天灰蒙蒙的暮色都被挡在墙外，房间里面光线极暗。但是像布迪这样的小个子，拥有一些我们所没有的能力，比如在黑暗中看清东西。

布迪站在门槛上，观察了一下整个房间。他感到很自信、很勇敢。他可真是个机智的男孩呀，家里人肯定对他刮目相看吧？

孤儿们都在睡觉。布迪思考着，要怎么把信息传达给他们呢？

“嘿，听着。”他低声说。

没有人回应他，只有均匀的呼吸声。

“现在听我说，你们听到了吗？我不是院长，我是布迪。我是由亲爱的佩吉派来找你们的。”

还是没有人回应他，但是呼吸声听起来不像刚才那么均匀了。

“我有一封信。这里谁是蒂米？”

从某张床上传来了窸窸窣窣的声音。

“一点也不用怕，恶龙已经回洞里了。”布迪颇有男子气概地说。好几个脑袋从枕头上抬了起来。

“你在哪里？”有人轻声说，“我是蒂米，我看不到你。”

“我就站在门槛上。我个子很小，”布迪说，“我穿着伪装的衣服，是只大老鼠。”

这下，更多的脑袋抬起来了，没人再睡了。

“你有佩吉的信？”蒂米问。

“没错。佩吉现在就站在院子的栅栏外面。他计划把你们所有人都抢出去，所以他需要我的帮助。”布迪自豪地说。

“啊，佩吉！佩吉真的在附近吗？”蒂米轻声说着，坐了起来，“信在哪里？”

布迪大步走到床与床之间的过道上，他把手伸进袍子里，从胸前掏出那卷信，递给蒂米。“在这里。你得答应会把我从这里送出去。”

蒂米拿了信。但就在这时，有光线从门口照进来。

院长听到了动静，悄悄溜下楼。她把门大大地敞开。“孤儿们！这是干吗呢！谁不睡，没有早餐吃！看来明天这个楼里就只有我能吃早餐了。”

“你也没睡觉呀，恶龙。”布迪说。

“是谁？谁在说话？你说什么？”

“是只大老鼠。”蒂米害怕地说。

“胡说！这新房子里哪会有老鼠？看来你明天晚饭也不用吃了。”

布迪站在床脚处，用指甲小心翼翼地抓了抓床脚。

“有沙沙声。”有孩子说。

布迪比之前抓得更响了。

“这，这只是风声。”院长有点不确定。

这时，布迪用他最快的速度跑出来，穿过房间，朝门口跑去。在微弱的光照下，他看起来就像一只真正的灰色大老鼠。

“呀！”院长大叫起来，跳上了离自己最近的一个凳子，手里紧紧抓着睡衣的褶边，“老鼠！有恶心的大老鼠！打死它！我受不了这东西！我要晕过去了！”

房间里乱作一团。孩子们都在房间里跑来跑去，“嘘嘘”地喊着，赶老鼠走。布迪从房间门跑了出去，直冲大门跑去，蒂米和几个男孩紧跟其后。蒂米急忙打开门，布迪瞬间又站在自由的天空下了。

“向佩吉问好，”蒂米小声说，“这里还是和以前一样可怕。告诉佩吉，他得抓紧了。”

“好的，好的，一切包在我身上，”布迪镇定地说，“你就照着信里的指示做吧。”

屋里仍然能听到院长的尖叫声。蒂米关上了门，布迪从台阶爬下去。远处轰隆隆的雷声响了起来，一道耀眼的闪电划过天空，随后响起了洪亮的爆炸声，就像是床单被撕成两半的声音。与此同时，大雨瓢泼而下。

布迪急忙穿过院子。柏油地面不吸水，整个院子很快变得像一汪波动的湖水。布迪用尽最后一丝力气跋涉到栅栏边，钻过栅栏的缝隙，投进了妈妈怀里。他浑身都湿透了，很疲惫，但是更自豪。

“一切都没问题，”他说，“我把信直接给了蒂米。佩吉，他让我向你问好，还说让你抓紧时间。”

佩吉把布迪放进篮子里，安奈莉用暖和的羊毛手套把他盖住。

“我说什么来着？”佩吉笑起来，“你真的成水鼠了！”

考虑新计划

说起来容易：拿到院长的钥匙，复制一个模子。可是，要完成这个任务却完全是另一回事了。

佩吉和女孩们警惕地关注着孤儿院里的动静。他们分配了站岗时间，这样就不会错过从栅栏那边丢过来的肥皂。他们会把它拿到锁匠那里，照着模子做一把新钥匙，然后事情就简单了。这就是佩吉的计划。

可是什么都没发生。楼里还是死气沉沉，一如从前那么安静。每天，孩子们会垂头丧气地出来玩一次。他们步伐沉重地玩一会儿转圈游戏，用没有生气的单调声音唱一会儿歌，按要求笑几声。从没有一只手举起来往栅栏外面扔东西。

玩耍时间就要结束了，孩子们没精打采地排着队回阴沉沉的楼里去。这时佩吉说："这样看来，计划可能不太好实行。"

大家决定再去瓦克萨黑莫家寻求一些建议。

布迪已然变得十分傲慢。他滔滔不绝地讲着自己的冒险经历，中间总是冒出一些新的情节，最后没人能确切知道究竟发生了什么。

"你们得相信，

院长朝我走过来要踩我时有多么可怕，”布迪说，“她脚上穿着钉鞋，上面有好多长长的尖刺……”

“别骗人了，她在屋里不可能会穿钉鞋的。”莉莉说。

“你怎么知道她穿什么不穿什么，你又没见过她，”布迪傲慢地说，“她必须得穿钉鞋，这样一旦有孤儿逃跑她就能随时去追，”布迪自以为是地说，“就是这样。你们要是看到我当时在卧室大厅里怎么跑过她身边，怎么踢她脚踝……”

“可是她不是站在凳子上吗，你刚刚这么说的呀。”瓦克萨黑莫夫人友好地指出这点。

“没错没错，就是因为我踢了她，她才不得不跳到凳子上去，她觉得老鼠会咬她。

‘救命啊，它要吃掉我！’她尖叫道，‘它咬了我一只脚！’你们想象一下，我都笑死了。”

瓦克萨黑莫奶奶很有耐心地叹了口气，说道：“好了好了，布迪，换个花样，出去玩一会儿吧。”

“当时的情况一定很棘手，”瓦克萨黑莫先生说，“尤其是布迪跑出去的同时还朝着她的臀部开枪呢，嗒嗒嗒嗒嗒嗒。”

“如果我们换位思考一下，就很容易理解，哪怕要把钥匙从院长那里拿出来片刻，对那些可怜的孩子来说，都是超出自己能力范围的事情。我们必须想个别的办法。”

“据我所知，每个孤儿院都有一个董事会，”瓦克萨黑莫奶奶说，“如果有人能去董事会那边，向他们说明那家孤儿院里的情况，或许事情自然就解决了。”

“您真是一如既往地明智，”瓦克萨黑莫夫人说，“我支持这提议。就算孩子们能拿到钥匙，印出了模子，他们也很难把它扔出栅栏的。如果这种情况真的发生，那院长立刻就会起疑心，把锁换掉。这样的话，所有努力都白费了。而且我觉得，解决事情一定得试试最平和的方法。”

“可是我们怎么找到这家董事会呢？”佩吉不满地说。他完全不同意瓦克萨黑莫夫人的看法。

安奈莉沉思着说：“我妈妈还是妇女联合会主席的时候，加入了好多董事会。或许她也加入了什么孤儿院的董事会。我去问问。”

安奈莉说完就赶紧去爸爸妈妈家了。

爸爸和妈妈带着小弟弟正要去旅行，他们计划去图尔库群岛的奶奶家过一个月。妈妈邀请安奈莉也一起去，奶奶肯定特别开心。但是安奈莉说，她现在没工夫想这些，她有别的事情要做。

“又遇到什么麻烦了吗？”妈妈担忧地问，“阿黛莱不会又出现了吧？”

“不，不是那件事。”安奈莉心不在焉地咬着大拇指的指尖——每当她犹豫不决时就会这么做。她本想把整件事告诉妈妈，但他们马上要去旅行了，妈妈如果知道那么多一定会很不安。安奈莉思考着该怎么开口。

“记不记得我曾经告诉过你，我们家对面新建了一家孤儿院？”

“当然记得。现在你们街区有那么多孩子，肯定特别好玩吧？你是因为孤儿院的事情，才不去旅行吗？”

“没错。”安奈莉说，她说的是实话。她又思考了片刻，“妈妈，孤儿院是不是一般都有一个董事会呀？”

“是的。我也曾经是其中一员。你为什么会对这个感兴趣呢？啊哈，你一定是读了《长腿叔叔》对不对？我也觉得那是本很有意思的书。”

“这个董事会里现在都有谁呢？”

“你是不是希望，董事会里的先生们和长腿叔叔一样富有，让孤儿们都在他的保护之下？这真是个有趣的想法。让我想想，最起码法官阿尔沃伊宁还在，不过他肯定不适合长腿叔叔的角色，他快八十岁了，家里有一群孩子，所以他肯定顾不上去保护更多的孩子；胡尔斯卡拉教务长也在，不过他也不是长腿叔叔，他矮矮胖胖的，像颗豆子；还有商务参赞瓦拉拉女士和薇薇·阿比拉老师。其他我一时记不起来了。”

“啊哈！”安奈莉兴奋地叫出声。她努力把这些名字记住，一边默记一边回到了玫瑰小巷。

“我们该怎么跟董事会取得联系呢？”安奈莉对在家等待的佩吉和欧奈莉说，“如果我们这些孩子去和他们说，他们只会说‘胡说，不要掺和大人的事情’。”

“给他们打电话吧，”欧奈莉提议，“我们变一变声音，假装成一个成年人。”

“他们不会相信的。”

“那就写信，”佩吉提议，“但是不签署自己的名字。”

“我觉得，寄匿名信不真诚。”欧奈莉说。其他两人也认同这一点。

又得去请教瓦克萨黑莫先生了。

“年轻的朋友们，”瓦克萨黑莫先生说，“我认为你们的方向是正确的。谢谢你们信任我，在处理这棘手的事情时来问我的想法。”瓦克萨黑莫先生站在图书馆打开的窗子前，看起来就像在主持一场会议，“我会处理这件事的。我来给董事会写一封合适的信，然后把它发表在报纸的公共事务版面。这样一定能对事情的发展起到很大的推动作用。”

瓦克萨黑莫先生关上了图书馆的窗户，退回到写字台前开始写信。安奈莉、欧奈莉和佩吉去游泳了，天气已经变得很暖和。

“你们想，那里的孩子都不能出来游泳，”欧奈莉说完，三个人都沉默地从水里站了起来。他们坐在神秘来客号的边缘上晒干身体。美丽的春日风光也不再美丽了，孤儿院的阴影仿佛遮蔽了阳光。

瓦克萨黑莫家图书馆的窗户打开了，瓦克萨黑莫先生拿着一张纸朝他们扬了扬——信写好了。

董事会来访，以及随后发生的大事件

第二天早晨，包括孤儿院的董事会和明娜·比娜在内的市民们，都在报纸的公共事务版面读到了如下内容：

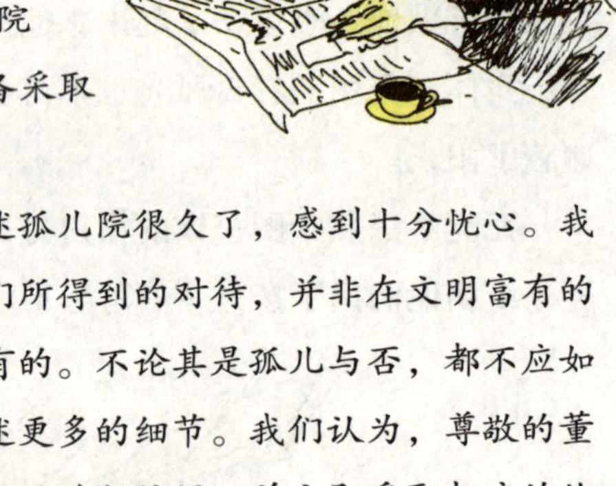

尊敬的孤儿院董事会：

我满怀敬意地向董事会全体成员提问，诸位是否了解位于玫瑰小巷的孤儿院的真实情况？各位准备采取什么措施？

我们已经关注上述孤儿院很久了，感到十分忧心。我们认为，可怜的孤儿们所得到的对待，并非在文明富有的国家生活的孩子所应有的。不论其是孤儿与否，都不应如此。我们不想在此赘述更多的细节。我们认为，尊敬的董事会应尽快对上述孤儿院进行访问，并立即采取相应的处理措施。

敬上

几位忧心的民众

瓦克萨黑莫先生的信——这么说有点模糊不清，让人困惑——引起了很大的关注，当天玫瑰小巷就来了好几辆车，有报社的记者，还有好奇的人们。

几位报社的记者走下车，看着铁门皱了皱眉，他们试图找到门铃什么的，但是完全没有这东西。没有人来开门，记者们只能无功而返。

孤儿院的生活似乎被扰乱了。玩耍时间被取消了，孩子们一整天都没有露面。可是房子里面似乎有什么活动，随着夜幕降临，百叶窗的缝隙中透出光来，一直亮到深夜。

看起来，公众的兴趣很快就消退了。第二天只有少数几辆车来，之后一辆都没了，玫瑰小巷的生活又回归了正常。可是孤儿院的孩子们依然没有出现，每天晚上，光还是会像之前一样从窗里透出来！

有天早晨，轮到佩吉站岗时，佩吉急匆匆地跑进来。

“发生了奇怪的事！你们绝对不会相信自己的眼睛！快来看！”

欧奈莉和安奈莉冲到门口，眼前的景象让她们惊讶到说不出话。

一晚上过去，孤儿院完全变成了另一个样子。

院子里铺上了绿油油的草皮，上面长着花儿、灌木丛和几棵小树。院子中间有一个大大的浅水池，大门前有个喷泉汩汩地流着水。

虽然天色尚早，但孩子们已经在院子里玩了起来。他们穿着色彩鲜艳的夏装，女孩们的头发上戴着花饰，男孩们的头发梳得整齐利落。四周摆满了玩具，女孩们或躺在大个儿的洋娃娃上玩，或跳绳、跳房子，男孩们在玩球、扔飞镖。门窗大开着，白色的窗帘在风中舞动。

院长穿着白色的套装，下身是一条宽大的裙子，领子和袖口带有褶边。她手上拿着一把带玫瑰花纹的遮阳伞，还提了个大袋子，从里面拿出糖果分给小朋友们。

就在这时，董事会的车开到了门前。两扇门大敞着，仿佛从没锁上过。孩子们拥到门口，唱起了欢迎歌。院长热情地问候了客人们，孩子们则站在两边，让出一条欢迎的小路来，董事会成员们就沿着小路向房子走去。

院长引导客人们走了进去，同时，孩子们把长桌搬了出来，铺上白色的布。桌上摆着盛得满满的柠檬水瓶子、装着小圆面包的篮子、咖啡器具，还有蛋糕。

过了一会儿，院长请董事会成员们上坐，孩子们也跟着坐到了桌边。欢乐的氛围弥漫着，大家都尽情地享用着桌上的美食。至少，董事会成员们和院长看起来都十分愉快。孩子们很安静，一如既往地严肃。只有院长用遮阳伞打暗号的时候，他们才会齐声大笑。

“哈——哈——哈。”他们违心地笑着。

董事会主席站起身，向院长致辞，致辞结束后在院长胸前别了一枚荣誉勋章。大家都热情地鼓掌，除了孩子们。很明显，没人注意到他们，所以也就没顾上责怪他们。

轮到院长致辞了。这一幕显然是极为感人的，因为院长和董事会的女性成员们都拿白色的花边纸巾使劲擦了擦眼泪。又是一阵掌声——有个董事会成员叫孩子们也鼓起掌来，于是他们就拍了拍手。

最后，董事会的人要走了。他们轮流跟院长握手，握了很久，有人还拍了照片。孩子们又一次聚到院门口，唱起了欢送歌。董事会成员们走上自己的车。欧奈莉、安奈莉和佩吉躲在金链花丛后，听到一个董事会成员对另一个说："奇怪了，一个名字流行起来以后，大家就都叫一样的名字了。这儿最受欢迎的名字好像是姑儿，我问了几个孩子他们叫什么，每个人都说'别人叫我姑儿（孤儿）'。怪了。"

然后车就开走了。

事情到这里并没有结束。

董事会的车前脚刚走，玫瑰小巷里后脚就开来了一队大货车。车上下来一群人，他们进了院子，忙活起来。花、小树，还有灌木丛全被搬走了，草皮整个被卷了起来，装到了货车的车厢里。桌子、长凳、浅水池和喷泉也跟着被搬了上去。孩子们在这之前已经进了屋，院长也是。几个工人走进楼里面，很快又拿着一个大盒子出来了，上面写着“服装租赁”。

货车开走了，一切又恢复了原来的样子——灰蒙蒙、死气沉沉又阴郁。

今天真是奇怪。又有一辆车开进来了，是辆警车。

车里坐着的是警察局局长和乌尔普卡警官。他们在安奈莉和欧奈莉家门口下了车，走进院子。乌尔普卡警官一副很不开心的样子。

警察局局长用探究的目光看着站在门口的孩子们，问：“你们谁是佩吉？”

“我。”佩吉回答。

警察局局长从口袋里掏出一张折得皱巴巴的白色小纸条。他把纸条抚平，递给佩吉看。正是他写给弟弟蒂米的那张纸条。

“我猜这是你写的吧？”警察局局长对佩吉说。

“确实是。”佩吉回答。他的耳朵红得仿佛要滴出血来。

“孤儿院的女院长把这个交给了我，她从孤儿院的一个孩子身上找到了这个。她说她很确定，写纸条的人就是从孤儿院跑出去的孤儿，名叫佩吉，也就是你。这是真的吗？”

“是真的。”佩吉低声说。

“出现这种情况，当局是有责任来管的。乌尔普卡警官，行动吧。”

乌尔普卡警官走上前来，他脸上的表情仿佛要哭出来了。但他还是努力开口说了一句安奈莉和欧奈莉已经听过两遍的话。以前，这句话能带来欢乐和欣慰，而现在却让她们感到绝望。

“以法律的名义，你被逮捕了。”

乌尔普卡抓住了佩吉一边的肩膀，警察局局长抓住了另一边，他们离开了。

他们并没有把佩吉带到很远的地方。孤儿院的院门又开了，院长明娜·比娜站在门前，脸上带着胜利的微笑。

“看啊孤儿，你又回到这儿了。这次你不会再有机会逃走了，我会多加注意的。”院长把目光转向了警察局局长，“谢谢你们，警察局局长先生。作为独身的女人，看到政府能一直保护我们这些无助的弱势群体，真是感到太安全了。”

此时，院长的眼神投向了站在路对面的女孩们。她吃惊地睁大了眼睛。“瞧啊，碰到熟人了。这不就是我的老朋友安奈莉吗？你看看，真是好久不见啊。你住在那栋房子里吗？”

安奈莉什么也没说，眼泪顺着脸颊滑下来。

“啊哈，现在我懂了。所以作为一个既定孤儿，你已经躲在了孤儿院的角落吗，还是怎么回事？这种情况法律上怎么说啊，警察局局长先生？”

警察局局长看起来有些尴尬，他不确定地瞥向乌尔普卡警官，又瞥了一眼两个女孩，最后什么也没说。

“好吧，”明娜·比娜说，“现在不管这些了，也许就是因为无知才会这样吧。我把你的这位朋友带回原本他该属于的地方，你就这么难过吗？还是说你也应该来这里？你也是个孤儿，因为你的父母也曾经丢下过你。”

“他们没有！”欧奈莉大喊，“你胡说！”

“我可什么都没问你。”明娜·比娜对欧奈莉说，“你看起来也很眼熟。你应该就是之前在花楸浆果街时，弄脏我地板的女孩吧。好了，我得走了。我只要一转身，孤儿们立刻就开始游手好闲做坏事了。也许我们还会见面的，安奈莉。”她威胁地说，“来吧孤儿，我想你今天午餐和晚餐都不用吃了。”明娜揪着佩吉的招风耳，消失在孤儿院的黑暗之中。

乌尔普卡警官清了清嗓子，朝上司敬了个礼，说道：“局长先生，我宣布，我要辞职。”

安奈莉发脾气了

欧奈莉和安奈莉受到了巨大的打击，她们绝望地盯着那了无生气的孤儿院。

佩吉又被明娜·比娜掌控了。现在谁还能帮孩子们呢？所有的希望都没了。

欧奈莉和安奈莉手拉着手，坐在门廊前的台阶上哭啊哭，眼泪都流干了。她们洗了把脸，走到岸边，向瓦克萨黑莫一家讲述了白天发生的事情。

大家都感到十分震惊。瓦克萨黑莫先生还是如往常一样坐在图书馆的窗前；瓦克萨黑莫夫人本来正在往晾衣绳上挂小宝宝的衣服，现在拿着衣服擦起了眼泪；莉莉大声哭了出来；布迪掏出一把他想象出来的左轮手枪，绕着院子跑啊跑，打着看不见的敌人们。

只有瓦克萨黑莫奶奶温和地说："不要失去希望，亲爱的孩子们。常在河边走，哪能不湿鞋。记住我的话。"（但是在这一点上，奶奶也判断错误了。就像我们一直以来看到的那样，即便是在河边走很久，鞋子也可以不被弄湿。）

第二天，邮递员送来报纸时，大家更加绝望了。报纸上登了一篇写玫瑰小巷孤儿院的长长的文章。文章是这么写的：

> 昨日，我市孤儿院董事会对其管辖机构进行了视察。刚到院门口，董事会成员们就觉得自己仿佛来到了快

乐与童真的小窝。明媚的阳光照射到院子里鲜花围绕的草坪上，孩子们正在草坪上做着游戏。为了迎接董事会成员们的到来，他们聚到门口唱起了动听的欢迎歌。院长放下日常的琐事，带着甜美的笑容，把她照顾孩子的精力暂时转移，来招待董事会。

孤儿院里的一切都整洁有序，完全是人们期望中的模样。再想到比娜院长孤身一人，在没有任何人帮助的情况下照料着这个庇护所，我们只能敬佩和赞美院长，一直为了孩子们的利益而牺牲自己，不知疲倦、勤勤恳恳地工作。只有当一个人觉得孩子在世界上最为宝贵时，才能将自己的全部生活都投入到这项工作中。胡尔斯卡拉教务长在致辞中也指出了这一点。教务长在致辞之后，开心而荣幸地为比娜院长送上了金质奖章，表彰其为孩子们、为我们这座城市、为我们的国家和全人类的发展所做的工作。

此前对这座在我市节俭方面起到模范作用的孤儿院，有一些恶意的诽谤，希望此次视察访问能彻底终结这些谣言的传播。造谣者应该保守自己的底线——借用比娜院长的一句话，嫉妒与卑鄙最终会让人自食其果。

除了文章，报纸上还刊登了孤儿院的照片，是某位董事会的成员昨天拍的。照片上，孩子们在喷泉旁绿油油的草坪上快乐地玩耍，花儿在阳光下闪耀，比娜院长微笑着看着孩子们，她手里攥满了糖，准备分给孩子们。

“我从没见过这么卑鄙无耻的谎言。”安奈莉说，她的脸颊因为愤怒而变得通红。

“世界上就是会有这种事情，”欧奈莉说，“我们该怎么办？总得做点什么吧。”

到了孤儿院的玩耍时间时，安奈莉和欧奈莉坚定地走到了铁栅栏边。她们再不屑于躲在花园的灌木丛后了。

门开了，无精打采的孩子们排着队走到院子里，围成了一个歪歪扭扭的圆圈。他们手拉着手，顺时针转三圈，又逆时针转三圈，唱着单调的歌，再根据指令假装笑一笑。

欧奈莉和安奈莉心痛地看着这一切。佩吉就在其中，他像是变了个人一样，那个站在筏子上的勇敢的神秘来客完全不见了踪影，连他的招风耳都耷拉下去了。他以前总是十分英勇，带着坏坏的笑，而现在的他既不唱，也不笑，只是垂着头站在队伍最后走啊走。

安奈莉忍受不了了。“勇敢点，佩吉！”她大喊，“你不能低沉下去！事情还没完全结束！你要相信我们！”

孩子们的圆圈停了下来，二十张苍白的小脸和一张晒成褐色的笑脸朝门口转过来。院长也盯着这打破宁静的喊话人，她站在圆圈中间，做了一个手势让圆圈打开，向院门走来。

“是吗？”她说，“安奈莉，你好大的胆子，还敢插手我的事情。昨天你应该也看到了，我总能按我的方法来把事情处理好。反对我的人总会后悔莫及的，记住这点，安奈莉。现在，你是自己回去呢，还是要让我报警说你扰民，把你抓起来？”

安奈莉毫不畏惧地直视着明娜的眼睛，“你不要以为我怕你，明娜·比娜，”她说道，“我一定会拼尽全力把这些孩子从你的恐怖统治下解救出来。你看着吧。”

明娜扬起嘴角，嘲讽地笑了，“原来你是这么打算的。我们走着瞧，看谁能笑到最后。我还有一笔小债要还给你的父母

呢！我当然记得他们解雇我时对我说的话，可是明娜·比娜是不能就这么被打发走的。你们都会后悔的，等着瞧吧。”明娜转身背对着女孩们，大步走进楼里，命令孩子们也跟上。

孤儿们的眼睛久违地亮了起来。佩吉的头又昂起来了，从门口离开时，他转过身朝女孩们挥了挥手。

虽然很悲伤，但是看看这章，或许事情仍有转机

尽管悲伤又绝望，但是生活还是要继续。

欧奈莉和安奈莉发现，她们已经好久没做家务了。灰尘都没擦过，地板也没有拖，花儿也没浇水，食物橱柜已经空空如也。

尽管有点不情愿，女孩们还是忙活了起来。一切都和以前不一样了。

做家务会让人放松：在后院拍打地毯的时候，仿佛能释放积压在体内的压力，可以想象某人就在地毯里面……

晚上，门铃响了起来，乌尔普卡夫人和曾是警官的乌尔普卡先生站在门廊上。

“欢迎。”安奈莉生硬地说。

“请随意点，就像在家一样。”欧奈莉说。

两个女孩的声音都有一些克制。

“我知道你们两个很生气，”乌尔普卡先生说，“你们生气

当然是有道理的，毕竟我那么做了。可是为什么你们没告诉我佩吉的事情呢？”

“我们不能说，”安奈莉说，“佩吉是逃出来的。我们没办法告诉警察，从那样的孤儿院里逃出来一个男孩住在我们家里。而且，事情到最后不还是变成了我们担心的样子吗！”

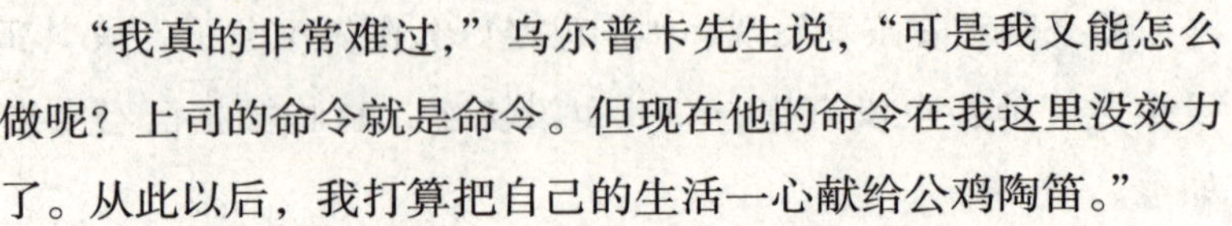

“我真的非常难过，”乌尔普卡先生说，“可是我又能怎么做呢？上司的命令就是命令。但现在他的命令在我这里没效力了。从此以后，我打算把自己的生活一心献给公鸡陶笛。”

“还有小猪存钱罐呢，亲爱的乌尔霍。”乌尔普卡夫人说。

“是的，还有小猪存钱罐。”乌尔普卡警察重复道，然后重重地叹了口气。

安奈莉心软了，她抓住乌尔普卡警官的手腕说：“您对这件事也无能为力，乌尔普卡警官，哦，我是说，乌尔普卡先生。不管怎么说，就算当时不是您，也会有警察把佩吉抓住，送去孤儿院。这不是您能决定的。”

“确实不是我能决定的。”乌尔霍·乌尔普卡伤心地说，“可是……”他又叹了口气。

这时，门铃又“叮”地响了一声。这次来的是瓦普宁家族，丁蒂娜、玓蒂娜以及她们的弟弟维克蒂杜斯，他正在放寒假。

“我们必须得过来看看欧奈莉和安奈莉。”丁蒂娜说。

“我们好久没见到你们了。”玓蒂娜补充说。

欧奈莉端着咖啡走了进来。邻居们喝着咖啡，两个女孩给邻居们讲了过去这段时间发生的事情，从佩吉的筏子撞上她们的码头开始讲起。现在没有必要再保密了。

“这可真是不寻常。”丁蒂娜说。

“听起来真是可恶。”玓蒂娜叹息道。

“亲爱的姑娘们，你们都没告诉我们。”丁蒂娜说，她感到有一点受伤。

“唉，因为这是佩吉的秘密。”安奈莉说，“除此之外，我们也知道，你们在早春的时候一直都很忙碌。最后剩下的那只气球，是不是已经长好了？”

“还没有呢。我总觉得它会长出什么奇怪的东西来，应该是我们没培育过的新品种。”

“感觉会很有趣。”维克蒂杜斯说。

“你就承认吧，维克蒂杜斯，你肯定从中做了什么手脚，”玓蒂娜说，

“一定是你没告诉我们的什么新发明。”

“我们就先看看它会长出什么来吧。”维克蒂杜斯慢悠悠地说。

第二天一大早，欧奈莉和安奈莉就挎上了自己的菜篮去市场了。她们要买许多东西：牛奶、鸡蛋、面包、蔬菜和肉。在回家的路上，欧奈莉决定去看看父母，安奈莉也决定去花楸浆果街的家里看一眼，看爸爸有没有重要的信件需要转寄到图尔库群岛。

欧奈莉的小弟弟已经学会走路了，欧奈莉开心地跟他玩了一会儿，不愿意跟他分开。

“我什么时候才能带他玩啊，妈妈？”她问。

“看看吧，”妈妈笑着说，“等我去度假的时候。”

“可是你从不去度假呀！”欧奈莉抱怨。

“我有时候还是会出门的，等等吧。”

欧奈莉把沉重的篮子挎到胳膊上，回了玫瑰小巷。安奈莉一定已经到家了，她想着。

奇怪的是，安奈莉还没回来。欧奈莉本来可以开始做早餐了，但是缺牛奶和鸡蛋，都在安奈莉的篮子里呢。

安奈莉肯定还得去邮局吧，欧奈莉一边想着；一边打开了自己的菜篮，把东西都拿出来放好。收拾妥当，还是没听到安奈莉回来的声音。

欧奈莉走到门廊上，往玫瑰小巷里张望。没有人出现。欧奈莉走到院门口，往两边看了看。

太奇怪了，安奈莉的菜篮倒扣在孤儿院门口的地上！这意味着什么？

欧奈莉跑到路对面去。安奈莉做了什么？为什么会把菜篮丢在这儿？还是倒着的！安奈莉现在在哪里？

欧奈莉朝四周看看，想看看有没有留下什么痕迹，能不能看出刚才到底发生了什么。什么也没有。欧奈莉把鼻子伸到铁门的缝隙里，观察孤儿院的空地，但显然是徒劳。

哎，那院门里的柏油地面上是什么东西？欧奈莉蹲下来想凑近点看。她蹲着，把手从缝隙里伸出去，想把那个东西抓过来。

那是安奈莉的手表。

手表摔坏了，上面的玻璃碎掉了，表针也不走了。欧奈莉看着自己的表对比了一下时间。手表停在两小时以前。忽然，欧奈莉明白了。她十分害怕地朝岸边跑去，要把这个令人震惊的消息告诉瓦克萨黑莫一家。

安奈莉到底出了什么事

安奈莉的表怎么会在孤儿院的栅栏里面呢？安奈莉在哪里？

我们上次见到她时，她挎着菜篮正要去花楸浆果街。在拐角转弯时，她瞥见一个黑黑的影子，正站在她父母家门外，但是忽然又消失了。安奈莉觉得，也许是阳光太过耀眼，产生了幻觉，便没有多想。

爸爸妈妈的房子所处地段很荒凉、很安静。在门廊投递口的下方，躺着几本杂志和一些广告传单，这些都不需要转递给爸爸。安奈莉把身后的门关上，回家去了。她并没注意到，有道黑影从隐蔽处走出来，跟在她的身后。一直到了玫瑰小巷，安奈莉突然听到身后传来当当的高跟鞋声，那声音十分熟悉。她害怕地转过身去，明娜·比娜院长赫然立在她面前，脸上带着嘲讽的微笑。

“哦，这不是安奈莉吗！”明娜用威胁的口吻说。

恐惧感如电流般袭击了安奈莉，让她战栗不已。她转身离开明娜，朝自己家走去。

“站住，别那么着急嘛！”明娜说着，一把抓住了安奈莉的胳膊，安奈莉对这只手的记忆被唤醒了。

“放手！”安奈莉说着，要抽出自己的胳膊，可是明娜的手指抓得更紧了。

“现在我们来说说清楚，”明娜说，“我刚才已经去了你父母家，按了门铃，门没开。很显然，那个家一个人都没有。和我猜的一样，你的父母已经走了，不要你了。”

“不对，他们只是去奶奶家了！”安奈莉说。

“他们当然会这么跟你说，这样他们才能走得了啊。可是现如今，发生交通事故的概率那么高，你怎么知道你的父母现在还活着呢？像你这样一个小女孩自己住，是违法的。”

“不关你的事，明娜·比娜！”安奈莉说。

“哦，还真是和我有关，我的工作就是照顾孤儿啊。你现在就是一个孤儿，安奈莉，你应该去孤儿院！”

“不可能！放开我！”安奈莉大喊。明娜还是拽着她朝孤儿院走去，她的力气太大了。

“你最好不要反抗，乖乖跟我走。”她发出嘘声。

“救命啊！欧奈莉，救我！警官！”安奈莉大喊起来。

“欧奈莉不在家，这里也没有警察，就算有，他也会帮我而不是你，你这个不听话的孤儿！你还不知道不听话的后果，但很快你就会知道了。”

明娜打开院门，把安奈莉推了进去。安奈莉的购物篮掉了，翻倒在路上，明娜没有在意。门闩“咔嚓”一声锁上了，安奈莉进了孤儿院。

“放开我！马上放我回去！”安奈莉大喊大叫，“你没有权利把我拖到这里！我爸爸妈妈回来知道后，你就等着吧！”

“如果他们能知道的话，”明娜邪恶地说，“什么线索都没有，谁去告诉他们呢？”

明娜那枯瘦的手又抓住了安奈莉，她扯着扭来扭去大喊大叫的安奈莉朝屋子里走去。

“你能和你那个孤儿小男朋友再见面，不开心吗？他现在就叫孤儿，你不是把他藏在你家来着？”明娜用嘲讽的口气说。

安奈莉感到绝望。她必须给欧奈莉留下什么线索，这样欧奈莉就能知道自己在哪里了。

安奈莉手腕上的表带有点松，她以前经常担心手表会掉。她突然抽出一只手，使劲向着大门甩出一道弧线。表从手腕上飞出去，掉在了院门附近。肯定摔坏了，但那又怎样呢？

明娜打开楼门，安奈莉被迫走了进去。

玫瑰小巷的不眠夜

明娜和安奈莉进来时，其他孩子正坐在活动室里，玩地毯上的线。所谓的活动室，名不副实。这个房间很高很窄，里面靠墙放着长凳，高高的天花板周边有几扇小小的窗子，楼下所有的房间都是这样。这些房间是专门给孩子们用的。院长说，往窗外张望只会分散他们的注意力。

“好了孤儿们，我不在的时候，你们肯定一直很懒散，”明娜说，“最好，你们所有人今天都不要吃晚饭了。我带了一个

新的孤儿来。脱下你那些愚蠢没用的衣服，在这儿你会有更适合孤儿的裙子。”明娜对安奈莉说。

“我不脱，”安奈莉说，“不管是不是孤儿，这个世界上没有谁需要穿那么丑的衣服。”

“你还是收起那副腔调吧，”明娜威胁她说，“我不会强迫谁，这违背了我的原则。或许一会儿你就会改变想法了。在这栋楼里，不听话的孤儿一口饭都没得吃。”

“谁的话都不用听，”安奈莉喊道，“不管怎样她都不会饿死我们的。”

“我发现你不适合跟别人相处，至少现在是这样。不过我们走着瞧，你很快就会改口。”

明娜又用她那瘦骨嶙峋的手指抓住了安奈莉，押着她沿昏暗的走廊朝房子深处走去。走到尽头，她打开了一扇门，把安奈莉推了进去。这个房间很小，仅仅是个小隔间，里面没有任何家具。这里面已经有两个孩子，佩吉和蒂米。

“应该是熟人吧。”明娜说，“你们两个孤儿也享受够了孤独和懒散，又不想工作了吧？”

“安奈莉，你怎么在这里？”佩吉震惊极了。

“和你一样的原因。”安奈莉说。

“你们这些孤儿，安静！”明娜吼道，“如果从这里传出什么窸窸窣窣的声音……”

“就别吃晚饭了。”安奈莉说，“我都会说了。”

“看看你能反抗多久，孤儿！”明娜说。

“安奈莉，她抓到了你，那一切岂不是都完了？”佩吉说话时并没避开明娜。

“没事，”安奈莉勇敢地说，“我已经把消息送出去了，但那恶龙没注意到。很快就有人来救我了。”

“胡扯！什么消息？”明娜看起来有点不安。

“这就得你自己想了。”安奈莉说。

明娜把男孩们从小隔间里拉了出去，门砰的一声摔上了，安奈莉变成了一个人。她的勇气瞬间就没了，滑倒在地板上，哭了起来。

欧奈莉现在十分绝望！她很确定明娜把安奈莉抓走了，谁也不敢相信竟发生了这么可怕的事情。瓦克萨黑莫一家无比震惊。

“这件事完全偏离了正轨，”瓦克萨黑莫先生说，“我们究竟还要忍受那个恐怖的女人多久？给报纸写文章已经远远不够了，必须采取实际行动。我们必须召集玫瑰小巷的所有居民，我们都是明智的人，一定能想出办法，把安奈莉救出来。”

“只把安奈莉救出来是不够的，”欧奈莉说，“我们要把所有人都救出来。”

“我们一定尽自己所能，但这不是一件简单的事情。对其他孩子来说，明娜·比娜是有法律可依的，但对安奈莉所做的事情，是她单纯的恶意报复。”

欧奈莉领到的任

务是通知乌尔普卡夫妇和瓦普宁姐弟来瓦克萨黑莫家门前开会。瓦克萨黑莫先生会站在图书馆窗前的老地方主持会议。

乌尔普卡夫妇和瓦普宁姐弟听说后，都怒不可遏。

“简直闻所未闻，这是犯罪！这不就是绑架儿童吗！乌尔普卡先生您怎么就不当警察了呢？太可惜了。”丁蒂娜情绪激动地说。

“就算我还是警察，也没用的。”乌尔普卡先生说，“那个女人太恶毒了，谁也搞不懂她，就算是警察局局长也不行，更不要说孤儿院的董事会了。那董事会里可都是德高望重的好人，他们不会理解一个人怎么可能像明娜那么歹毒。”

“我知道要怎

么做了，”乌尔普卡夫人说，“我们得马上给安奈莉的父母写信。他们一定会马上回来，这样事情就能解决了。只要能证明安奈莉不是孤儿，明娜就没有任何权利扣押她。”

“可是我不知道他们的地址，”欧奈莉苦恼地说，“我只知道他们在图尔库群岛的某个地方，在安奈莉奶奶家。可是图尔库群岛那边估计有上千个小岛吧。”

“这真是个问题。”瓦克萨黑莫先生说。

“佩吉可能是对的，”瓦克萨黑莫奶奶说，“有时候讨论没有用。佩吉的目标就是把孩子们从孤儿院里抢出来，如果当时成功了呢？”

“要把二十个孩子抢出来确实很难。”丁蒂娜说。

“是不简单。”珰蒂娜说。

“没错。但我们可以把那个黑衣女人抓走！”布迪喊道，“就那样，让她举起手来，把她的嘴巴塞住，然后这样那样……”

“你啊布迪，”瓦克萨黑莫夫人责备他，“你知不知道这是多么严肃的事情。”

此时，一直沉默的维克蒂杜斯·瓦普宁插话了：“其实布迪的想法有道理。把一个女人抢走肯定比抢走二十个孩子要容易很多。”

“我不太懂，”丁蒂娜说，“我们能把她安置到哪里去呢？”

“那我们又能把二十个孩子安置到哪里呢？”维克蒂杜斯问道。

这个问题确实需要思考。

这个夜晚，玫瑰小巷无人入眠。孤儿院里的安奈莉也睡不着。夜幕降临后，明娜扔给她一床硬得像石头一样的被子和一条破毡子。安奈莉一整天一口饭也没吃到，她就这样蜷缩在地板上，无法入睡。

这是欧奈莉第一次独自在玫瑰小巷的房子里过夜，她是哭着睡过去的。

乌尔霍·乌尔普卡在门廊上坐了很久，用公鸡陶笛吹着悲伤的旋律。他思考着过去的生活，思考着他为何来到这里，他以前是什么样，后来又变成了什么样，如此种种。

在丁蒂娜和珰蒂娜的花园里，维克蒂杜斯·瓦普宁独自踱步到深夜。谁也不知道他在想什么，发明家的想法谁都猜不透，他自己也不一定清楚。

他在某个地方站了很久，不知道在忙活些什么。“我很确定，已经成功了。”他自言自语道，“一定成功了，不管是以什么样的方式，不管是以什么样的方式……”

丁蒂娜和玛蒂娜的花园里、孤儿院的院子里发生了奇怪的事情

早上，一把钥匙拧开了安奈莉小隔间的门，明娜走进来。她的胳膊上挂着一件给孤儿穿的灰色裙子。

“瞧瞧，你或许已经改变想法了吧？是不是同意穿上这个了？”

安奈莉站起身。她晚上想了很多，“好吧，我穿，但不是因为你命令我或者让我吃早餐。我这样做是因为我想和其他人一样。”

“你是因为什么并不重要，重要的是你听话了。但是我不允许你叫我的名字——明娜。我是院长，你牢牢记住这点。”

“你就是明娜，我就叫你明娜，前提是我愿意跟你说话。而我连话都不想跟你说。”

“这样反抗的孤儿……”

明娜刚开口，安奈莉就打断了她：“没早餐吃。”

“正是如此，没早餐吃。”明娜说，“但这次我可以为你破个例。”

安奈莉套上了灰色裙子，这裙子又长又肥大，布料触碰到皮肤的感觉很粗糙。明娜打开门，让安奈莉走在前面，进了餐厅。她的鞋跟当当响着。其他孩子已经坐在了自己的早餐粥前。

安奈莉一脸不情愿地搅着自己的粥，这简直就是一团糟糕

的糊糊，里面夹杂了太多谷物皮，孩子们每吃一勺都得清清喉咙，把皮咳出来。

“现在我知道你为什么让我吃早餐了，明娜·比娜。”安奈莉说，“谁能想到最可怕的惩罚竟然是必须吃掉一整碗这样的东西。”

其他孩子睁大眼睛，害怕地看着安奈莉。他们从没听过谁用这种语气跟院长说话。

“这粥对孤儿们来说是非常健康的，”明娜冷漠地说，“你一定会适应。”

“我不会待那么久的。等不到适应了。”安奈莉挑衅地说。

“我们走着瞧。”明娜说。

吃完饭，一些孩子收拾了桌子，洗盘子；另一些孩子开始打扫卫生，他们拖了地，擦了各个地方的灰尘，还把桌子凳子一排排整齐地摆好。

明娜对安奈莉说：“你，孤儿，清醒点，这里的工作都要好好完成。要是我回来发现一粒灰尘，那就是你的责任，你就要受到惩罚。”

“太好了，”安奈莉说，“我可以不用吃午餐了吗？”

“对付你我有别的办法。那边那五个偷懒的孤儿，过来打扫我的房间！”

五个孩子排着队上了楼，佩吉和蒂米也在其中。他们看起来都很沮丧，除了佩吉。他走过安奈莉身边时找机会小声对她说：“太好了，现在我有机会去找那个东西了，你知道的。”

安奈莉点点头。她猜到了佩吉要找什么，一定是钥匙。

昨天晚上，丁蒂娜和珰蒂娜的花园里发生了一些奇怪的事情。那个迟迟没长好的气球，晚上突然长了起来。几个小时之内，它已经从拳头那么小、石头那么硬的黑乎乎的小花苞猛然长成了磨盘大的气球，并且还在继续生长。它的茎像船上的缆绳那么粗，看起来像是在急躁地左右扭动着。丁蒂娜跑去叫邻居们来看这奇观。

这气球的确离奇，但从瓦克萨黑莫先生脸上的表情来判断，他认为此刻有更重要的事情，研究气球是浪费时间。维克蒂杜斯·瓦普宁开始用他那沉静又随意的方式讲述自己的计划，这是昨天晚上他用发明家的脑袋想出来的。听完这个计划，瓦克萨黑莫先生和其他所有人的眼睛都亮了。

“毫无疑问，这是个很稳妥的计划，”瓦克萨黑莫先生说，“一定可以成功，不管是以什么样的方式。”

“我昨晚上也是这么想的。”维克蒂杜斯·瓦普宁说，“现在我们必须要十分小心警惕。没有失败的余地了，绝对不能出错！”

整个早上，如果有人路过玫瑰小巷，丁蒂娜和珰蒂娜的院子，都会听到从红色的木栅栏后传出些神神秘秘的谈话，还有一些令人费解的惊呼声：

“不行不行，这个还不能剪，首先得确保它能保持这个样子！”

“哦吼，它的劲儿真的好大！”

“现在小心点，你们确定这个能持续很久吗？”

“好了，现在我剪了。”

“可是它真的很结实!”

“嘿，谁把锯拿来，园艺剪刀根本不行。”

“不，我觉得这个得用斧子……”

“嘿，布迪，让开点儿！别来捣乱，你可以抓住这个……”

接着就听到锯的拉扯声和斧子劈下去的声音，还夹杂着低吼声、紧张的喊声和警告声。

“现在小心了，现在每个人都要抓牢了！对对还有你，布迪！乌尔普卡先生，您真是个有力气的人，多亏了您。好，就这样，现在我们拿到了……”

观察的人——如果有这么个人的话——会看到一支奇怪的队伍簇拥着从丁蒂娜和珰蒂娜家门口出来了。冲在最前面的是一个横冲直撞的红色大气球，它像一头发怒的公牛，猛烈又

急躁地扯着牵它的绳索。欧奈莉、乌尔普卡先生和夫人、丁蒂娜和珰蒂娜以及维克蒂杜斯·瓦普宁一起牢牢抓紧绳子，绳子的末端还挂着瓦克萨黑莫先生和布迪，瓦克萨黑莫夫人领着莉莉、奶奶推着婴儿车里的小宝宝跟在队伍的最后。

队伍直奔孤儿院的大门。气球被系在了铁栅栏顶端的横栏上，它继续拉扯着，栅栏开始颤抖，但是栅栏上的铁杆和绳结依然稳固。

欧奈莉跑回家，片刻之后拿着一张白色的卡片跑了回来。她把卡片固定在系气球的绳索上。

没过多久，孤儿院里有动静了。队伍退回到欧奈莉和安奈莉的花园里，大家躲在金链花丛后静静等待，欧奈莉给大家端来了饮料和蛋糕。

布迪爬到栅栏顶上，在那里紧紧盯着孤儿院。“等那个黑衣女人出来，我就拿弹弓嘭嘭嘭地射穿气球，气球会爆炸，飞溅得到处都是，整个孤儿院都会飞到空中，就只剩湿湿的木板，栅栏也会飞到空中，所有的孩子都会飞出来，然后……”布迪吵嚷着。

“不要想得太夸张了，布迪宝贝，”瓦克萨黑莫奶奶说，“小小地闹腾一下就够了。”

玩耍时间到了。等的就是这一刻！门开了，孩子们手拉着手排队走出来，走在最后面的是安奈莉和佩吉。令人害怕的院长明娜·比娜傲慢地走在他们后面，一副胸有成竹的样子。

孩子们的眼睛自然一下子就被那个巨大的气球吸引住了，

它正在孤儿院的栅栏上回旋着飘动。明娜・比娜也就注意到了。

“这是什么？”明娜厉声说，“谁竟敢拿孤儿院的经费开玩笑？那边那个孤儿，快去把气球解下来放掉。这里不需要这种东西！”

“不要呀。”围观的人紧张地说。

“哦，这上面好像有个什么标签，”明娜说，“我自己去吧。你们站好队，谁要乱动就不许吃晚餐！”

院长明娜·比娜迈着急躁的步子，咚咚咚地穿过院子。她取下卡片，看了看上面的话：

向孤儿院的孩子们送上鼓励的问候。

玫瑰小巷的朋友

“这是想干什么？没用的废话！孤儿们不需要这些东西。不过气球倒确实很壮观，系到我窗户上吧。”

明娜开始解绳结。躲在金链花丛后的人们屏住了呼吸，会发生什么呢？

只见明娜一只手抓住气球的绳索，另一只手开始解绳结。

她把绳结拉开了。

凄厉的尖叫声响起。

气球用巨大的力量直接冲上了天。明娜还没来得及把手从绳结上松开，就已经升到了很高的地方，吓破了胆。没多大会儿，气球就飞到了云层那么高，很快就只能看到一个逐渐消失的红点，红点下面还有个深色的扭动着的东西。

这是孤儿们最后一次看到明娜·比娜，但是没有人感到悲伤。

向读者道歉，从此只讲快乐的故事

现在我必须请求读者们的原谅，这个故事是如此悲伤，一

直在发生可怕的事情。

作为补偿，我会试着将故事的最后一章写得快乐又积极，讲讲明娜在云层上消失之后的有趣故事。

让我们一件一件慢慢道来。

首先，明娜怎么样了？谁也不知道。

那个气球飞得又高又远，也许在某个地方人们会把它当成一个飞碟或者其他奇怪的东西；也许，它真的在高处的某个地方撞上了飞碟，之后发生了什么，只能凭借想象了。

有件事值得思考思考。几个月之后，临近圣诞节，市里的邮局送来了一张来自中国的明信片，那是一张巨大的红色气球的照片。整座城市里没有一个人懂中文，谁也不知道卡片上到底写了什么。或许只是某个友好的中国人写来了温馨的圣诞祝福吧。

再来看看孤儿院。

明娜消失后，佩吉跑进楼里拿来了大门的钥匙——他已经成功地找到了明娜保管钥匙的地方。大门打开了，玫瑰小巷的人都拥进来。一片欢乐的气氛，大家兴高采烈地互相拥抱、击掌，孩子们有说有笑，没人听得清对方在说什么，不过那又有什么关系呢。

维克蒂杜斯·瓦普宁说：“我就知道，不管是以什么样的方式，总能成功的。”

“那其他方式会是什么呢？”欧奈莉问。她一直抓着安奈莉的手，害怕再次失去她。

“另一种方式是，她让孩子们去拿气球，孩子们就会飞走。毫无疑问，现在这样更好。”

“是的，这样更好。”大家异口同声地说。

不管怎么说，孤儿院还是孤儿院，这里需要有一个新的院长。董事会正式宣布了这件事，曾任警察的乌尔霍·乌尔普卡申请了这个职位。大家都了解他是一个诚实、正直的人，于是他成功当选了。

乌尔霍·乌尔普卡听到给自己的任命时潸然泪下，说道：“我还是个小孩子的时候，就一心想成为一个父亲。后来我又希望能和柔西娜女士结婚。现在这两个愿望都实现了，我真幸运，一下子就有了一大群孩子。”

孤儿院里，崭新的生活开始了。

院子里丑陋的柏油地面被剥掉了。原来那些悲哀地躺在柏油地面下的种子重新焕发了活力，地上很快就长出了茂密的老鹳草、蚊子草、婆婆纳、野豌豆和香豌豆。

铁栅栏被推倒了，孩子们用铁栅栏的材料做了攀爬架等运动设施。

丁蒂娜和珰蒂娜在院子里种满了树和灌木，维克蒂杜斯·瓦普宁给植物浇上了他发明的神奇药水——他就是用这种药水让气球长得那么大、那么有力量的。很快，孤儿院的楼便被花园围绕，茂密的树木遮出一片阴凉，像是修建孤儿院之前这片地的模样。

孩子们整天在院子里爬上爬下，乌尔普卡先生说：“这样才对。我觉得孩子们和树林就是属于彼此的，他们让对方变得完整。”

“孩子总是能让树林变得更完整，”柔西娜女士一边说着，一边有点担心地看了看她很喜欢的蒂米——他正悬在最高的树上那根最高的树枝上，像一个长着招风耳的大苹果。

孤儿院的楼也完全变了一副模样。狭小又丑陋的窗户被拆掉了，换成了崭新的大窗户，就算是最小的孩子也能透过窗户看到外面的景色。阳光穿透云层洒满大地。灰秃秃的墙被粉刷成了白色。欧奈莉和安奈莉在墙侧种上了最美丽的玫瑰花的幼苗。

根据需要，房子外建了附属建筑——侧翼楼、阳台和门廊，房顶上还立起了一个有趣的小塔楼。整栋房子很快就变得和玫瑰小巷里其他的房子一样，看起来有趣又亲切。

房子内部当然也进行了修缮。卧室大厅和呆板的活动室、阴暗的餐厅和所有昏暗的小隔间都被改成了能洒满阳光的舒适房间，样式不同、大小各异。这样一来，想自己住的孩子就可以得到单间，想和好朋友一起住的孩子就可以得到适合两个人住的房间。如果有谁想和一大帮朋友住在一起，也有合适的房间。谁想住到院子里，就可以把帐篷搭到自己选定的地方。谁心血来潮想住到树上去，也可以建一座树屋。

所有人都可以到河岸边去游泳，想什么时候去都可以。佩吉的神秘来客号筏子随时待命，等着带孩子们进行一趟趟有趣的河上之旅。

还有些孩子从各地来到了这里，他们有的是孤儿，有的不是孤儿却没有家；有些大人听说这里十分好玩，也纷纷试图来到这里——他们之中确实有些人是孤儿（事实上，全世界有很多成年的孤儿，比儿童阶段的孤儿多得多）。成年孤儿也可以住进来，但是谁能进来要由孩子们决定。

柔西娜女士负责为孩子们做饭，如果她偶尔想多省点钱——她就是有这种癖好，毕竟是银行经理的女儿——乌尔普卡院长就会说：“哎呀，柔西娜，别太过节俭。人只能做一次孩子，童年是世界上最宝贵的，只有把最好的全给孩子们才够啊。这是我的原则。”

“你说的可能是对的，亲爱的，”柔西娜女士说，“我自己已经很久不当孩子了，便总是忘记这一点。人必须要别人时时提醒，才能记住这些。”

丁蒂娜说：“优质的食物和饮料对孩子们固然重要，不过最重要的是快乐。”

“我也这么认为，”玛蒂娜说，“饿着肚子睡觉肯定不好，

但更糟糕的是难过着入睡。”

丁蒂娜和玿蒂娜每次来孤儿院时都会在院子的草坪上撒一些惊喜小花的种子，这些种子什么都能长出来，陀螺、风筝、图画书、毛线团、迷你百宝箱，还有的能轻声讲出美丽的童话故事，这些故事虽然很难被注意到，却可以让人获得长长久久的幸福。

无法想象还能有比乌尔霍·乌尔普卡更好的院长了。他会把孩子们驮在肩上玩，孩子们哪里痛了就让院长给吹一吹。他还会为孩子们雕刻柳笛、做树皮小船、每一天晚上都讲睡前故事。

就这样，玫瑰小巷的生活继续着。大家都感到开心、满足，瓦普宁姐弟和瓦克萨黑莫一家如此，乌尔普卡夫妇和孤儿们如此，欧奈莉和安奈莉也是如此。

欧奈莉和安奈莉有了很多新的朋友和玩伴，不过最好的朋友还是佩吉。

忍冬藤攀上铁门，几乎隐藏了大门原本的样子，只剩一个有趣的绿色开口，可以让人偷偷地溜进去。大门上方的标牌上爬满了蜿蜒的藤蔓，孤儿院的名字都看不完整了，只看得到一个“家”字。

欧奈莉、安奈莉和催眠钟

玫瑰小巷忙碌的春日

“我可以给气球小苗浇水吗?”欧奈莉问丁蒂娜。

“浇吧!”丁蒂娜回答,“浇花的水在温室后面那个红色浇水壶里。”

丁蒂娜非常忙,瓦普彩带上长了蚜虫,她正在收集瓢虫。大家都知道,瓢虫是消灭蚜虫的好帮手。

这是个美丽的春日下午。太阳西斜,阳光把整个世界染成了玫瑰色。

太阳也喜欢玫瑰小巷,欧奈莉想。她从丁蒂娜指的地方拿起浇水壶。浇水时,她观察着水流到气球小苗上之前,画出了一道道小彩虹。

如果你了解过玫瑰小巷和这里的住户,那你一定记得瓦普宁姐妹丁蒂娜和珰蒂娜拥有一座多么神奇的花园。这里能长出各种有趣又欢乐,能增添节日气氛的东西。要是少了丁蒂娜培育的圣诞树装饰品,圣诞节就不能算完整;要是没有珰蒂娜培育的惊喜鸡蛋,复活节就不像复活节了;瓦普节要是没有了这个花园里长出的彩带和气球,那还算什么瓦普节?

不过,花园里的活儿太多了,所以住在隔壁的欧奈莉和安奈莉愿意一有空就来帮忙。

丁蒂娜和珰蒂娜的兄弟维克蒂杜斯也在,但他并没给花园带来什么帮助。他是个发明家,大部分时间都待在自己的发明室里,和各种发明做伴。要是偶尔想帮点忙,他就会发明一些花园用的东西，但是丁蒂娜和珰蒂娜觉得他的发明很少能成功。有时候植物会长得巨大，令人难以置信，或长成怪异的形状，或变成古怪的颜色；有时候植物又会变得极小，十分滑稽，就连小小人瓦克萨黑莫一家都觉得太小。不过要不是这样的话，他们又怎么能得到一棵刚好放进自己家客厅的圣诞树呢？就连正常大小的土豆胡萝卜之类的东西，对于瓦克萨黑莫一家来说都大得离谱了。

过去一段时间，维克蒂杜斯没怎么露面，他一定又在研究什么新发明。他的发明室里常常传出一些奇怪又神秘的声音。

丁蒂娜和珰蒂娜担忧地对视一眼。

“维克蒂杜斯到底在发明什么啊？”丁蒂娜问。

“希望不是什么会爆炸的东西吧。”珰蒂娜答道。

（不，这次不会爆炸，却会激动人心。等着吧，你一定会知道的。）

今年的春天来得有些晚。瓦普节快要到了，丁蒂娜担心地想：瓦普前夜到来之前，这些东西来得及长好吗？

显然不必太担心。瓢虫立刻把瓦普彩带上恼人的蚜虫清理掉了，瓦普帽子在花丛里长得分外美丽，气球的花茎也在欧奈莉的悉心浇灌下长高了。总之，它们的长势都很不错，色泽饱满，藤蔓伸得很长，仿佛想要脱离自己的根一般。安奈莉必须得把它们绑到木杆上去。

维克蒂杜斯饶有兴致地观察着这一切。“它们长得真不错，”

他说，“但是这些都比不上那个让明娜·比娜飞到中国的气球。你们到底怎么给它浇的水？”

“当然就是用浇水壶里的水啊。”欧奈莉说。

“是那个红色壶里的吗？”维克蒂杜斯问道。

“没错，就放在温室后面。”欧奈莉解释道。

维克蒂杜斯摸摸自己的胡子，“那我就不奇怪了，”他嘟囔道，“真的一点都不奇怪了。”

“那里面有什么特别的东西吗？”丁蒂娜不安地问。

“我可能把冲洗试管的水倒进去了，”维克蒂杜斯思考着，“里面倒也没什么危险的东西。最起码气球长得还挺好的。”

丁蒂娜拿来剪子，剪下了一个气球。它欢快地飘到空中，就像一个有趣的想法一般。

“至少这个气球还没什么特殊的。但是，维克蒂杜斯，你最好让你的发明离花园远一点，它们有时候真的太出乎意料了。你最近又在干什么呢？”

“你们很快就能看到了。”维克蒂杜斯神神秘秘地说，然后一个人偷偷笑着，回到了发明室。

丁蒂娜和珰蒂娜继续着自己的工作，她们边干活边唱：

绿色的拇指晃一下，
来丁珰蒂娜的花园看一下！
钟表、铃铛和烟花，
还有有趣的惊喜，
浇水、施肥、除草、松土，
没时间再偷懒啦！

气球和瓦普彩带棒，
棒棒糖、泡泡糖，还有巧克力糖，

全都正宗又地道。
只有丁珰蒂娜才种得出！

圣诞星星和蜡烛，
水晶球、彩旗带，
还有银色丝线带，全都闪闪亮，
只有丁珰蒂娜才种得出！
浇水、施肥、除草、松土，
没时间再偷懒啦！

来帮忙的欧奈莉和安奈莉，也一起唱了起来：

还有哪一片土地，
能比丁珰蒂娜的花园更有趣！
这里什么都长得出！
今天就摘到了新鲜的棒棒糖！
绿色的拇指晃一下，
来丁珰蒂娜的花园看一下！

春天到了。树枝纷纷抽出新芽，小草从土里钻了出来。鸟儿也从南方飞回来，开始在歪脖子老树的枝丫上筑巢。这些树枝简直就是天然形成的鸟巢。惊喜小鸡在窝里活蹦乱跳，它们在三角草和蒲公英之间下了几个彩色蛋。屋脊上的公鸡风向标竖起了尾巴上的羽毛，张开了翅膀，它打了个鸣，仿佛要用自己的歌声赢过所有鸟儿。欧奈莉和安奈莉花园里的玫瑰开了；柔西娜女士和乌尔霍·乌尔普卡先生的公鸡陶笛每晚都会奏起温柔的旋律；而孤儿院里——我是说之前的孤儿院，现在叫玫瑰之家了——孩子们玩着闹腾的春日游戏，快乐地尖叫着，每晚都舍不得去睡觉。

哪里都没有玫瑰小巷这样快乐，这样无忧无虑。

怎么会有这样的地方呢?

有一天，三个严肃的男人来玫瑰小巷散步。他们一定是从远方来的，其中一个带着地图。三个男人看看玫瑰小巷，再看看地图，在上面画了一些神秘的符号，然后就像来的时候一样，面色严肃地走了。

他们会是谁呢?

猫薄荷市的瓦普节

瓦普节的到来意味着冬天完全结束了，春意已盎然，夏天开始偷偷崭露头角。大家都很快乐，可以去做所有开心的事情，甚至是有点疯狂的事情——只要不伤害到任何人就好。

最有趣的瓦普节一定是在猫薄荷市，这要归功于丁蒂娜和珰蒂娜。

集市上到处都充满欢乐。美食摊上卖起了蜂蜜酒、漏斗油炸饼、冰激凌等各种美食。柔西娜女士还在她往常的摊位上卖公鸡陶笛和小猪存钱罐——存钱罐如今不太好卖，想想吧，过瓦普节的时候，没几个人会想存钱的事情。

丁蒂娜和珰蒂娜的摊位前则挤满了人。巨大的气球束在摊位上方摇曳，牢牢吸引着孩子们的注意力。高高的瓦普彩带棒、彩球，以及用惊喜小鸡羽毛做的彩色羽毛簇，也纷纷被人们带回了家。丁蒂娜和珰蒂娜不停地给顾客们递气球和彩带棒，忙得不可开交。

可就在丁蒂娜和珰蒂娜要卖光第一批气球时，传来了惊讶的喊叫声。发生了什么?！有七只气球飘到了几米高的空中——要是只有气球飘走也没什么，可是它们把孩子们也带到了空中！爸爸们大喊大叫着，妈妈们哭了起来，孩子们放声尖叫。

“糟了，对孩子们来说气球的力气太大了！”珰蒂娜哀叹，“我们现在怎么办啊？维克蒂杜斯，快想想办法！”

“最重要的是孩子们得牢牢抓紧绳子，”维克蒂杜斯说，“气球不会升太高的，没什么危险。消防员踩在梯子上就能够到孩子们。”

大家向消防站报了警，消防员们从空中抱下了几个孩子，但还有几个飘得太高了，消防梯的高度不够。有些孩子飞得很开心，都不愿意下来了。不过他们还能怎么样呢？幸好没有刮风，气球不会飘到树顶那么高的地方去。

气球渐渐地撒了些气，傍晚的时候，孩子们纷纷降落，爸爸妈妈们拽着孩子们的脚，把他们拽到地面上。

瓦克萨黑莫一家也决定来感受一下瓦普节的热闹氛围。安奈莉把他们放进篮子里，带到集市上。他们在丁蒂娜和珰蒂娜的瓦普彩带棒

里找了个角落藏起来——他们不想被人们看到，因为曾经有过可怕的经历。

“不会有人来买我们藏身的这根彩带棒吧？”瓦克萨黑莫夫人不安地说。

“这里不危险，”安奈莉说，“我把这根彩带棒拿出来，放在了桌子靠后的一边。你们就在那些纸条中间藏好，没人会注意到你们的。”

“但在这里什么都看不到！”布迪嘟囔道。

“可以了可以了，”瓦克萨黑莫先生说，“在这儿能很清楚地听到音乐，而不是喧哗的嘈杂声。”

可布迪要是能满足地待在这里，那他就不是布迪了。他悄悄地沿着彩带棒的杆子缓慢移动，小心翼翼地朝着桌子的外边缘挪过去。那里放着一大堆五颜六色的彩带棒，布迪就藏在彩带棒之间。那里的视野好得多，布迪满意地欣赏着瓦普节的热闹与喧嚣。

蜂蜜酒的瓶塞嘭地弹开，彩球弹上弹下，公鸡陶笛歌唱着，彩带棒像一条条蜿蜒的长龙舞动着，五彩纸带如大雪般洋洋洒洒。大家头上都戴着一些小装饰，有人戴着白色毕业帽，有人戴着因放久而变黄的毕业帽，还有人戴着彩色纸帽。假鼻子、尖耳朵、花环，各式各样的小饰品让人眼花缭乱，笑声、歌声不绝于耳。

“唉，长这么小真是太可悲了，”布迪想着，“要是能和那些人一起玩该多有趣啊！真希望有人把这根彩带棒买走。”

就在此时，三个严肃的男人走近了摊位。

“这东西看起来挺好玩的。”其中一个男人说道。

“就是个没用的东西。”另一个人嗤之以鼻。

“我想要那种瓦普彩带棒，”第三个男人说，“小的时候，奶奶给我买过一根一模一样的彩带棒。我可能真的要买一根了。给我那根红黄相间的吧。”

“维莱，不要那么幼稚！”身材最高大的男人厉声道。可是，维莱已经向丁蒂娜指了指瓦普彩带棒，把硬币递过去了。

布迪就藏在那根彩带棒里！布迪的心愿实现了，但现在他却不觉得有趣了。维莱漫不经心地甩着彩带棒，布迪用尽全身力气抓紧杆子才能不掉下去。

“你沙沙地甩那彩带的时候，我真的很烦。”身材最高大的男人说。

“那我就不甩了。”维莱不再挥舞彩带棒，只是把它稳稳地扛在肩上。布迪终于有机会好好偷看一下市民们是如何过瓦普节的了。

胖胖的市长戴了个假鼻子，他美丽的夫人头上戴了一顶像喜鹊窝一样的帽子。军乐队在歌舞厅中奏乐，三个男人停下来观看舞蹈。老老少少跳起了波尔卡、芬兰圆舞曲、华尔兹，还有不知名的舞步。院长夫人拉着院长的手转了个圈；欧奈莉的爸爸妈妈跳着波尔卡，开心地笑着——虽然欧奈莉的弟弟还坐在爸爸肩头，最小的宝宝还在妈妈怀里，这让他们跳起来不是很容易；安奈莉的教授爸爸和他的妻子跳着华尔兹，教授的长

头发飘舞起来；玫瑰之家的孩子们也都在摇摇摆摆。

“他们真的很开心。”维莱说。

“所有的欢乐都是没用的。”身材最高大的男人说。

“或许是吧，”维莱说，“可是毕竟会开心啊。”他轻轻叹了气。

“也许首席改造工程师对这件事情的理解比你更透彻。”第三个男人说，他的名字叫瓦尔特里。

“我们不能再沉迷于庆祝瓦普节了，不要在这里浪费时间，”首席改造工程师说，他的名字叫奥斯卡·凯路，“我们放松的时间已经够长了，现在该回去工作了。维莱，那根愚蠢的彩带棒你挥够了吧，把它扔了吧！”

维莱叹了口气，把彩带棒扔进附近的垃圾桶里。“遵命，首席改造工程师先生。”他说。

三个男人离开了。

那么布迪呢？他怎么样了？

布迪这次彻底搞砸了。他蹲到了垃圾桶里，跟乱七八糟的垃圾待在一起。他小心翼翼地爬上垃圾桶的边缘，越过桶边偷偷往外看。

“现在有趣了，”布迪心想，“我到底要怎么从这儿出去呢？垃圾桶太高了，跳下去肯定会摔断腿。”

“要是该清理垃圾了会怎样？”布迪继续想，“到时候我就会被带到垃圾站去，那里到处是大耗子和乌鸦，还有未知的东西。没办法呼救，要是人们看到我，一样危险。爸爸除了见玫瑰小巷的住户们，拒绝和其他大个子人类来往。”

布迪绝望地朝集市方向偷偷看了看，瓦普节的庆祝活动现在看起来都没那么有趣了。

这时，有个小男孩昂首阔步地走了过来。他看起来并不是很享受瓦普节。他穿着破破烂烂的衣服，脸上脏兮兮的，头发乱糟糟的。他似乎不敢加入到人群中去，他停在了集市边缘的垃圾桶旁，用渴望的眼神看着别人的狂欢，深深地叹了口气。

布迪的脑袋里灵光一闪。那个男孩看起来不是很开心，他也没有什么瓦普节的庆祝玩具，但他一定很喜欢瓦普彩带棒。

“嘿，男孩，过来！”布迪喊道。

男孩看了看四周，没看到任何人，可垃圾桶里有声音传

出来。

“嘿，就是你！你没听到吗?”

“谁在说话？你在哪里?”男孩吃惊地问。

“在垃圾桶里。”布迪说。

男孩更惊讶了，心想是不是有人在跟他开玩笑。他朝垃圾桶里偷偷瞄了一眼，在一堆垃圾之中，有一根高高的瓦普彩带棒。

“这里没有人啊。”男孩失望地说。

“我在这里，你看不到吗?”

“你是谁?”

“瓦普彩带棒呀！你脑袋上没有长眼睛吗?”布迪又把自己藏在了彩色的纸带之间，“把我带走吧!”布迪喊道，“这里太糟糕了!”

“你怎么会说话呢?”男孩问。

“你也会说话呀。”布迪回答。

“的确，但我是人啊。”男孩说。

“我是瓦普彩带棒啊!”布迪回答。

“瓦普彩带棒不会说话!”

“你怎么知道？要是有个特别紧张的小男孩过来，也能说话的。现在这不就来了嘛。”

男孩弯下腰，把彩带棒从垃圾桶里拿了出来。这是一根红黄相间的瓦普彩带棒，十分漂亮。男孩从没拥有过这样的瓦普彩带棒，什么样的彩带棒都没有过，因为他很穷。

“我可以拿走这个吗？”男孩向这个看不到的谈话对象问道。

“当然可以，”布迪藏在纸带里回答，“拿的时候小心点，不要使劲甩！”

男孩当然会小心翼翼地拿好彩带棒。想想吧，他拿着一根真真正正的瓦普彩带棒呢！最重要的是，这根彩带棒还会说话！他决定回家向妈妈展示展示这个神奇的东西。

“你怎么会说话呢？”他问彩带棒。

“我是丁蒂娜和珰蒂娜花园里的特殊品种。”布迪说。

“我听说过这个花园，”男孩比刚才更兴奋了，“不过现在我要带你回家了！”

布迪大概是从一个麻烦掉到了另一个麻烦里。到底怎么才能回到爸爸妈妈身边呢，他焦虑地思考着。

“听着，”他说，“我得去和丁蒂娜、珰蒂娜挥手道别一下。毕竟她们养育了我、照顾了我，就这样离她们而去太不礼貌了。”

男孩很乖，品行也很好，他答应满足布迪的请求。他热情地挥着彩带棒，昂首阔步地走到摊位前。布迪一直保持警惕，他瞅准时机快速跳到了货摊上的那堆彩带棒里。

布迪的冒险就这样以完美的方式结束了，原本他的结局可不会这么称心如意，你看他是那么不听话。

男孩则开心地回家去了。一路上他都在想，妈妈见到这根神奇的会说话的瓦普彩带棒，会说什么呢？

可是，这根瓦普彩带棒再也不会说话了，它就只能像世界上所有的彩带棒一样，被挥舞一下罢了。

维克蒂杜斯在瓦普节最棒的发明

维克蒂杜斯整个春天都比以往更加心不在焉。比如有一天，他给惊喜小鸡喂了木屑而不是谷粒，结果那天小鸡只下了木头蛋。

他也一直很忙，很长时间没顾得上跟他的朋友乌尔霍·乌尔普卡一起下国际象棋了，虽然这是他的爱好。在春天下国际象棋挺难的，他需要集中精神思考，小小的噪声也会造成干扰，而在明亮的春日夜晚，玫瑰之家的孩子们往往很难入睡。

终于有一天，维克蒂杜斯郑重宣布：“我的发明完成了，这是我有史以来最棒的一次发明。希望玫瑰小巷所有的住户都来我们的花园，我要为大家展示一下。”

“你确定不会爆炸吗？”珰蒂娜不安地问。

“我已经说过了，”维克蒂杜斯回答，“我不懂你为什么要抗拒小小的爆炸，那是多么令人激动啊！”

于是，玫瑰小巷的所有住户都收到了邀请——两点钟到丁蒂娜和珰蒂娜的花园。

柔西娜女士和乌尔霍·乌尔普卡先生、瓦克萨黑莫一家、欧奈莉和安奈莉，以及玫瑰之家的所有孩子都来了，甚至连蹒跚学步的小宝宝们也来了。

在客人们到来之前，维克蒂杜斯说：“我还是得确保我的发明有效。”说完，便退回到自己的发明室去了。

客人们在门廊里兴奋地等待。维克蒂杜斯的所有发明都很神奇，也很有趣，而这个一定是最出色的，连他自己都这么说。

结果，所有人都到了，除了发明家自己。

“维克蒂杜斯在哪儿呢？”丁蒂娜很好奇。

“出什么问题了吗？”珰蒂娜担心起来，“维克蒂杜斯的房间里有奇怪的声音。”

大家都听到了，确实如此。听起来，发明室里似乎在锯一根很粗的木头，断断续续传来锯东西的刺耳声和喷气声，还有奇怪的嗞嗞声。

“我去看看。”丁蒂娜说。

她小心地打开发明室的门，朝里面偷偷看了看，惊讶地喊了起来。

“里面有什么？维克蒂杜斯怎么了？他被炸掉了吗？”珰蒂娜急忙问。

“你们自己来看。”丁蒂娜说，“在我看来，维克蒂杜斯没出什么事，而是像根木头一样睡着了，还打鼾呢。”

“天哪，可怜的弟弟，”珰蒂娜悲叹，“他那么努力地投身于自己的发明，太过劳累了！”

“我得叫醒他，”丁蒂娜说，“这样不合适。邀请了客人们，结果自己却睡着了。”

“他旁边放了闹钟，”欧奈莉说，“他一定很快就会醒过来的。”

“我现在就要叫醒他，”丁蒂娜坚持说。她抓住维克蒂杜斯的肩头使劲摇了摇，维克蒂杜斯惊恐地醒了，坐了起来，惊讶地看着四周。

“我睡着了吗？”他问。

“睡得像根木头一样，”珰蒂娜说，“就是那个样子。”

“客人们都等了半小时了。”丁蒂娜责备道。

“太好了！成功了！有效果！”维克蒂杜斯一下弹了起来。“我最棒的发明成功了！全人类都得感谢我！”他把闹钟

发明室
进来请
先敲门

一样的设备举过头顶疯狂地摇着。

“你的发明在哪儿呢？”安奈莉问。

“这里！就在我手上！”

“那是个闹钟啊，”欧奈莉说，“闹钟很久以前就被发明出来了！”

“这不是闹钟，”维克蒂杜斯强调，“这是催眠钟！”

“催眠钟？那是什么？”乌尔霍·乌尔普卡问道。

“闹钟是把人叫醒的，催眠钟就是让人睡着的。”维克蒂杜斯说着，脸上闪耀着骄傲的神情，“你们也都看到了，它有效果！”

“你是怎么想到要发明催眠钟的？”乌尔霍·乌尔普卡吃惊地问。

“是你提出这个主意的呀！”维克蒂杜斯微笑着说。

“我吗？我没有啊！我从没想到过这个！”

“你不记得了吗？上次在玫瑰之家下国际象棋时，孩子们吵吵嚷嚷的，我们下不成棋。那时你说，必须得发明点什么东西，让孩子们能按时睡觉。我就是那时候有了这个想法。”

“哦，这真是不一般。”柔西娜女士感叹道。

“确实如此，我也这么觉得。既然有了叫醒人的设备，就也一定有可能发明出与之相对的设备，能让人睡着。那不是别的，正是催眠钟呀。我便开始发明这个东西，现在它不就在这儿了嘛。我刚才试了试，你们也看到了，我睡得就像木头一般。这都是因为，催眠钟发挥了作用。”

瓦克萨黑莫先生清了清嗓子，用他一贯的方式，郑重地提高了音量：“这神奇的发明物让我们眼前一亮。我们十分荣幸，能够见证这历史性的事件。亲爱的朋友们，站在我们面前的，正是人类最伟大的发明家之一，维克蒂杜斯·瓦普宁。我谨代表自己和家人，向您致以衷心的祝贺。”

“那个东西现在变成这么重要的发明了吗？”丁蒂娜怀疑

道，“我总是一沾枕头就能睡着。我可不需要什么催眠钟。”

但是柔西娜女士有不同的看法，“哦，不！我之前自己住时，很害怕有小偷，每天晚上都很警惕，所以很长时间都睡不着。那可真是一段难熬的时光。我不想别人也有同样的经历。如果催眠钟真的对失眠有帮助，那它就是造福人类的发明。”

“而且这对妈妈们也好，”瓦克萨黑莫奶奶用她那温柔的语调说道，“我们这些母亲都知道，一天之中最难的事情就是让孩子按时入睡。我要代表所有母亲诚挚地感谢维克蒂杜斯·瓦普宁！”

“我也要发自内心地感谢您。”瓦克萨黑莫夫人说。

“作为玫瑰之家二十个未被驯服的小马驹的看护人，我也要感谢您，”乌尔霍·乌尔普卡说，“我们现在要开始新生活了，孩子们！讲完睡前故事，就用上催眠钟，然后，哎呀一下，大家就全进入梦乡啦！”

可玫瑰之家的孩子们看起来并不是很快乐。这样的话，晚上还怎么开心地玩呢？就只能睡觉了吗？睡前故事怎么办呢？只能听一个睡前故事了吗？

大人们都不理解，如果孩子们被按到床上，熄掉灯，那还有什么乐趣可言呢？激动人心的枕头大战怎么办？谁还会讲恐怖的灵异故事呢？听鬼故事时，蜷缩在被子下面可是又害怕又开心。还怎么躲在被子里拿着手电筒偷偷看那些让人兴奋的书？也不能去喝水、去冰箱里拿东西、去尿尿了？虽然这些都让大人们崩溃，可这就是孩子们最享受的啊。

讨厌的维克蒂杜斯！

大人们都高兴极了。在他们看来，安稳的夜晚似乎就在眼前，他们可以安静地坐在壁炉前聊天、看书或者看电视，不再需要隔几分钟就起身去看看孩子们房间里又发生了什么。

为了庆祝维克蒂杜斯的发明，丁蒂娜和珰蒂娜给大家端来香气四溢的咖啡。维克蒂杜斯给孩子们分发了神奇吸管，可以让普通的水变成甜甜的果汁。丁蒂娜还保证说，每个人都能从棒棒糖的园圃里摘一个成熟的棒棒糖，这让孩子们稍感安慰。

维克蒂杜斯发现了问题。他是发明家，很快就想到了孩子们闷闷不乐的原因。

“你们别担心，孩子们，”他说，“我现在正在给催眠钟做一些附加设备，你们一定会喜欢的。”

“是什么呀？”孩子们问道。

“你们会知道的。”维克蒂杜斯神秘地说。

孩子们对此很满意。

三个严肃的男人

六月的第一天，玫瑰小巷里发生了一件奇怪的事。

那三个严肃的男人又走进玫瑰小巷。他们穿着道路维修工那橘色的工装连体服。维莱肩上扛着一捆红白相间的杆子；瓦尔特里拿着一个奇怪的三脚设备，看起来像望远镜一样；而第三个男人——维莱和瓦尔特里称之为首席改造工程师——肩上扛着一个地图包。

维莱把杆子插进地里；瓦尔特里把自己的设备放在杆子后面，透过镜筒看那些杆子；第三个男人则在地图上做着什么标记。就这样，他们慢慢地靠近了丁蒂娜和玛蒂娜花园的大门。

在美丽的夏日早晨，丁蒂娜、玛蒂娜和维克蒂杜斯习惯在花园里喝茶。现在，他们就坐在那里。

丁蒂娜刚倒好三杯茶，大门开了。维莱一边背对着花园走进来，一边把杆子插进了圣诞蜡烛的园圃里。瓦尔特里跟在维莱后面进了门，透过他的镜筒看那些杆子。第三个男人仍在纸上画着些什么。

姐弟三人惊讶得说不出话来。

“尊敬的女士，请您稍微移一移茶壶，”瓦尔特里说，“它正好在线上。”

丁蒂娜把茶壶拿起来放到一边。

“哦，天哪，是什么线？”

“当然是公路线。”

“这里没有公路经过。这里是草坪，这是我们家的院子。”

“没错，但这里会修路的。”男人说，“高速公路，”男人接着说，“请吧，您继续忙。”

丁蒂娜笑了起来，“不对吧，先生，你们肯定弄错了。我们又没有什么高速工具，没有车，连自行车都没有。我们不需要什么高速公路。你们几位先生肯定是走错地方了。”

“首先，我们不是什么‘先生’。我是首席改造工程师奥斯卡·凯路，这两位是我的助手维莱·威尔斯塔瓦莱和瓦尔特里·瓦克萨瓦拉。这里是玫瑰小巷，你们的地址是玫瑰小巷3号，对吧？”

“确实。”维克蒂杜斯说。

“好吧，你们也看到了。我们没有搞错，是你们弄错了。”

“那我现在不明白了，”丁蒂娜说，“你们在说什么奇怪的路呢？”

“这里要进行道路改造，”奥斯卡·凯路不耐烦地说，“四车道的高速公路。我就是设计者。这条线将使通往市中心的路程缩短足足二十三米半。”

“我们很少去市中心，也不去什么别的地方，”维克蒂杜斯说，“就算要去，我们也没着急到没有时间去多走那二十三米半的路程。”

“你们应该能理解，这次道路改造不只是为了方便你们，”奥斯卡·凯路说，“工厂不像你们那么有时间。卡车必须要快速地把手工作坊的货物运到世界各地去。这对国民经济有好处。”

“可是猫薄荷市没什么手工作坊，也没什么工厂啊。这是个慢节奏的宁静城市。”丁蒂娜说。

“作坊会建起来的，”奥斯卡·凯路说，“城市富起来，是符合大家利益的事情。对你们也有好处。”

“确实是这样。但是道路改造现在就要进行吗？”

“这是比较经济实惠的方法。我本人设计、测算和绘制了图纸，市政府和市长已经同意了，这个规划会马上实施。”

瓦普宁姐弟震惊地你看看我，我看看你。

“还有，”奥斯卡·凯路继续说道，“我不是来这里跟你们闲聊的，我是来工作的。维莱、瓦尔特里，继续！”维莱把他的杆子移到了厨房门前，瓦尔特里检查着它的方位。

“一定是搞错了，”珰蒂娜喊道，“你们直接冲向我们的厨房了！”

“尊敬的女士，您是在抱怨我们画的线不对吗?”奥斯卡·凯路愤愤不平地说。

“我就是在抱怨！”珰蒂娜说。

“我的线是对的。不过女士，你们的厨房建的地方不对。”

“我们的厨房才没有不对！它就在楼房正中间，一直都在那里！”丁蒂娜说。

“而且我的发明室就在厨房后面，那是个很好很安静的房间。”维克蒂杜斯说。

“你们现在还没搞明白，”奥斯卡·凯路不耐烦地说，“你们整栋房子位置都不对，必须得移走。”

珰蒂娜大笑起来。“现在我懂了！你们真是无赖！你们一直都在开玩笑吧！楼怎么能像家具一样说移就移呢。”

“怎么做是你们的事情，”奥斯卡·凯路冷漠地说，“不管用什么办法，你们必须把它从规划的路线上移走。你们得把它拆掉。用推土机是最快的。”

“但这栋楼是我们的祖父在一百五十年前建的！”珰蒂娜说。

“那现在该拆除了。”奥斯卡·凯路说着，拿出地图，“这栋楼就在公路线上，会影响交通。你们应该也知道，扰乱交通是违法的，要受到惩罚。”

“那我们的花园呢？我们那些稀有的植物呢？它们在别的地方都长不出来！它们也绝对不会适应别的地方！”丁蒂娜悲痛地说。

“你们的花园里种的是什么？”奥斯卡·凯路问。

“圣诞节的装饰品、气球、瓦普彩带棒、圣诞树、蜡烛、彩旗带、棒棒糖等各种糖果、姜饼，还有其他类似的东西，你们懂的。”

“所以都是些没用的垃圾。”奥斯卡·凯路说，“如果你们种的是土豆、燕麦或洋葱，那还能考虑一下。可你们的花园里真是没什么有用的。”

“我们还有小鸡……”玛蒂娜说，“是那种惊喜小鸡……”

“鸡能移到别的地方去，也可以做成烤肉。”

“哦，不！”玛蒂娜惊呼，“惊喜小鸡多么有趣啊！”

“有趣？那有什么用！”奥斯卡·凯路反驳道。

“有趣的事物让人快乐，”维克蒂杜斯说，“快乐很重要。”

“能吃还是能喝？不能！只有工作才是有用的。尤其是我的工作。”奥斯卡·凯路结束了谈话，继续和助手工作去了。

维莱和瓦尔特里标记的公路线直接穿过厨房和发明室到了花园里，又穿过圣诞铃铛树丛到了鸡舍，并继续往前延伸。工作的时候，奥斯卡·凯路和其他两个男人唱起了改造歌。

歌词是这样的：

我就是奥斯卡·凯路，

这个男人负责规定道路，

不能忍受道路的错误！

（不能忍受的就移走！）

直尺、笔和地图，

忙碌的工作不需要他物。

奥斯卡·凯路！

（助手维莱·威尔斯塔瓦莱和瓦尔特里·瓦克萨瓦拉特别优秀。）

我就是奥斯卡·凯路，

这个男人清除道路，

绊脚石再也不挡路！

（绊脚石再也不挡路，当然不挡路！）

路上的老房子和村庄，

连根全部都挖走。

奥斯卡·凯路！

（助手维莱·威尔斯塔瓦莱和瓦尔特里·瓦克萨瓦拉特别优秀！）

这就是奥斯卡·凯路，

所有汽车都要感谢他，

有了他你们才能有够快的速度！

（够快的速度，当然是够快的速度！）

村落和城市互相联结，

多亏了直通的高速路。

奥斯卡·凯路！

（助手维莱·威尔斯塔瓦莱和瓦尔特里·瓦克萨瓦拉特别优秀！）①

玫瑰小巷的担忧

到了夏天最美的时候，玫瑰小巷的住户们却感到沮丧。

大家齐心合力希望想出一些办法，让丁蒂娜和玛蒂娜的花园免于被摧毁。

乌尔霍·乌尔普卡，曾经的警察，了解一些法律方面的知识。他忧虑地摇了摇头。“情况看起来很糟糕，”他说，“市政府已经做了决定。普通人没办法影响这件事情。房子必须要拆除掉。”

“可是要拆掉我们的家，我们做不到啊！”玛蒂娜说，“我们的父母就住在这里，我们也从小一直住在这里。我们无法去别的地方生活。”

丁蒂娜沉重地叹了口气，说：“如果毁掉我们的宝贝花园，

---

① 注：括号里的内容为助手维莱·威尔斯塔瓦莱和瓦尔特里·瓦克萨瓦拉所唱歌词。

我会很心痛。”

“我还什么都没和惊喜小鸡说，”珰蒂娜低声说，“如果它们感到心烦意乱，会下出什么样的蛋呢？”

“至于我，我已经决定，只要头顶还有一片屋檐，我就要继续自己的工作。”维克蒂杜斯说。

“正是如此！”丁蒂娜叹气道，“就让推土机来吧，把所有东西都带到垃圾场去，把我们三个也带去吧。”

“也许会有其他办法的。”

“我知道了！”欧奈莉说，“玫瑰木女士一直帮我们渡过各种难关，她还是瓦普宁家的表亲。我们给她写信吧！”

“她又搬家了。谁也不知道她的住址。”安奈莉说。

“那我们就给某个旧地址写！”欧奈莉说，“我们多写几封，也许其中就有能送到的呢！”

丁蒂娜和珰蒂娜只是叹气，维克蒂杜斯时不时摇摇头。

大家听说瓦克萨黑莫奶奶被严重的头痛困扰，更为沮丧了。布迪和莉莉感冒了，玫瑰之家有几个孩子也起了严重的疹子。

“真是奇怪，”乌尔霍·乌尔普卡担心地说，“每次孩子们游泳回来，皮肤就开始发痒。到底是什么引起的呢？是不是岸边有什么烦人的虫子？”

欧奈莉和安奈莉也很惊讶。她们之前一直从河里提水来浇花，花儿都开得很美。但是现在玫瑰花蔫了很多，叶子黄了，茎上的花蕾也枯掉了。这种事情之前从没发生过。

有一天，欧奈莉坐在岸边码头上说：“这岸边有奇怪的味道。”

“我也觉得，”瓦克萨黑莫夫人说，她此时正在河岸边洗衣服，“奶奶的头痛是因为这个吗？”她很纳闷。

瓦克萨黑莫先生从图书馆的窗户往外瞥了一眼，说：“这味道让我想起那些粉红色的糖，那种糖是萧条时期卖的，制作的时候使用了香精。”

“香精是什么？”布迪问。

“是人造的香料和色素。后来被禁止使用了，因为它对健康有害。”

“快看我的衣服！”瓦克萨黑莫夫人惊呼，“现在还是所谓的白色吗？全成棕色了！完了！是不是有衣服掉色了？”

“在这水里什么都洗不白，”布迪说，“水是脏的，它从前可不是这个颜色。”

大家担忧地看了看彼此。

“水变成了奇怪的颜色，”欧奈莉沉思道，“我们的玫瑰就是因为这个出问题的吧？”

佩吉正把筏子靠向岸边，他刚刚去捕鱼了。

“你们的玫瑰就算枯死也不奇怪，”他说，“看看这些鱼！”他向大家展示自己的鱼桶，里面装满了死掉的鱼。它们灰白的肚子让人很不舒服。

“这些还能给猫吃吗？”佩吉说。

“现在一定发生了什么疯狂的事情，”瓦克萨黑莫先生说，“我们必须和乌尔霍·乌尔普卡商量一下，他一定懂。我马上

给他打电话。”

（维克蒂杜斯·瓦普宁给瓦克萨黑莫家装了电话，这真的起到了很大的作用。）

瓦克萨黑莫先生在电话里谈了片刻。没过多久，乌尔霍·乌尔普卡就来到岸边。他已经听说了每个人的经历。

“这条河的上游一定有什么东西污染了河水。”乌尔霍·乌尔普卡做出判断。

“去看看！”佩吉说。

“就这么办，我们必须去把事情调查清楚。”乌尔霍·乌尔普卡同意了，“很遗憾我现在不能一起去，我答应了要给男生们做弓箭。你们去吧，回来告诉我你们的发现。”

欧奈莉、安奈莉和佩吉跳上了船，佩吉快速划着船朝上游逆流驶去。

“臭味更浓烈了。”安奈莉说着，打了个喷嚏。

“十分明显。”欧奈莉表示同意。

“你们看，所有的水草和芦苇都死掉了！”安奈莉惊呼，“这水是什么颜色啊！这条河病了！”

还没划到一公里，孩子们就看到了河流转弯处后面的建筑物。他们之前从没见过，这座建筑是崭新的。

它就在河岸边，看起来像是一个被匆忙组装起来的沟渠建筑。上面有一个高耸的烟囱，小窗户像愤怒的眼睛一样盯着河水。从建筑物下方的管子里往外倾泻着棕绿色的水，气味让人无法忍受。这里的河水就像是馊掉的豌豆汤。

“那是什么？”欧奈莉喊道。

“像个工厂，”佩吉回答，“非常新，我从来不知道这里有工厂。”

“这就是所有事情的源头。”欧奈莉说。

“这工厂生产什么？”

“一定是什么化学物质。”佩吉想了想说。

“也许就是因为这个工厂，才要进行道路改造！”欧奈莉大喊。

“现在我们知道臭味是从哪里传来的，也知道为什么鱼会死了。”

“还有为什么布迪和莉莉会感冒、瓦克萨黑莫奶奶会头痛！”

“以及为什么我们的玫瑰花不开了。”

“而且我们也知道，在豌豆汤里划船是什么感觉了。”佩吉补充道。

“我们赶快划回去，告诉乌尔霍·乌尔普卡和维克蒂杜斯。”

佩吉掉转船头，飞快地顺流划去。

工厂的眼睛在他们身后愤怒地盯着。

在回程的河路上，欧奈莉、安奈莉和佩吉唱起了儿童起义歌：

那些大人是怎么了？
我完全理解不了。
疯狂的事情做出来，
让世界都向前滚动了。
孩子们如果有力量，
一定非常有趣吧！

那些大人怎么了？
我完全理解不了！
他们的脑子是否坏掉了，
大自然都被严重地污染了。
孩子们如果有力量，
大地一定干净了。

那些大人们怎么了？
我完全理解不了！
一年又一年的战争与争吵，
我们不愿继续了！
孩子们如果有力量，
地球好到不能再好！

玫瑰小巷的新客人

当欧奈莉、安奈莉和佩吉正在河上划船时，一辆豪车停在了玫瑰小巷丁蒂娜和玛蒂娜的花园门口。

身材高大的司机从前门走下来，为坐在后排的尊贵先生打开了门。这是一个行动敏捷的男人，站在司机身旁看起来像个男孩。他穿着得体，尽管是夏天，他还是穿着深色的细条纹套装、白色的衬衫，戴着颜色鲜艳的领结。他头上戴着一顶圆形的黑色帽子，手上拿着一个平整的公文包，看起来像个手提箱。

司机匆忙走到门前，敲了敲门。公鸡风向标尖声叫了起来："公鸡猜猜，客人来！"玛蒂娜忙冲过来打开了门。

客人深深鞠了一躬，摇了摇自己的帽子——帽子都快碰到地上了——说："能否容我冒昧地问一下，瓦普宁教授是否住在这里？"

"这里没住什么教授。"玛蒂娜说着，就要把门关上，司机及时伸出脚抵住了门。

客人又鞠了一躬，"我是说著名的科学家维克蒂杜斯·瓦普宁先生。"他简洁明确地说。

"维克蒂杜斯确实在家。"玛蒂娜回答。

"那我是否有荣幸与尊敬的瓦普宁的伴侣交谈呢？"客人说着又鞠了一躬，动作就像一把小折刀。

"维克蒂杜斯是我弟弟，"玛蒂娜简短地说，"您想见维克

蒂杜斯?”

“那将是我莫大的荣幸，不过我确实斗胆希望可以见到。”

“他现在正在自己的发明室，一定很忙，”玛蒂娜说，“不过我可以去问问，他能不能抽出时间见你们。”

“只需要几分钟，”客人说，“我不敢奢求更多。”

玛蒂娜走了进去。在等待期间，客人好奇地打量了一下四周，他对站在大门外的司机低声说：“记住我跟你说的话。偷偷看一看，睁大你的眼睛。不过一定要小心。”

维克蒂杜斯出现在门廊那里，他一只手握着螺丝刀，另一只手拿着活动扳手。他的衬衣袖子卷着，有一条裤腿的膝盖处贴着一大块补丁。

客人边鞠躬边伸出手，朝他走了过来。维克蒂杜斯心不在焉地伸出了手，手里还拿着活动扳手，客人就热情地握了握扳手。

“我等待这一刻已经很久了，”他说，“想象一下吧，我和伟大的天才发明家维克蒂杜斯·瓦普宁握手了!”

“维克蒂杜斯·瓦普宁的活动扳手。”维克蒂杜斯说。

客人注意到有些不对，但没表露出什么。“太对了，维克蒂杜斯·瓦普宁的活动扳手。多么荣幸啊!”

“你还有别的事吗?”维克蒂杜斯问。

“在说别的事情之前，请允许我介绍下自己。我是——如果您不觉得唐突的话——您的同行，我也是一名发明家。我的名字叫卡莱·维克萨里，也是一名实业家。”

“这样啊,”维克蒂杜斯说,“您制造什么东西呢?”

“我的工厂还很新，刚刚建好。我们专门从事化学工业，我们的目标是拓宽业务。在这方面我想荣幸地请求您的帮助。”

“我的发明不适合工业化生产。”维克蒂杜斯说。

“您别这么说!”卡莱·维克萨里喊道,“我听说过您一些神奇的发明成果，比如您发明的肥料培育出了巨型尺寸的植物。这种发明一定能帮到全人类！这能产生多大的销量啊，您想一下！我已经准备好买下您的发明，不管什么价格都可以。”

“我不卖我的发明。”维克蒂杜斯说。

“但您考虑一下吧，您可以变得多么富有啊!”

“我做发明只是为了快乐。我拥有财富又能有什么好处呢?”

“拥有财富有什么好处?!”卡莱·维克萨里惊讶地喊了起来,“好吧，如果您是这样想，那事情就简单了。如果您不想卖掉发明的话，您可以免费赠送，对吗？我能保证，如果您不想的话，您不会多赚一分钱。”

“但你想变富有，不是吗？”

“或许吧，”卡莱·维克萨里说，“还有很多别的东西。这就是人性。”卡莱·维克萨里的眼睛闪烁起来。

维克蒂杜斯用批判的目光把卡莱·维克萨里从头到脚打量了一遍。“我觉得您不是那种会以正当手段赚钱的人。”

“尊敬的瓦普宁先生！”卡莱·维克萨里恼怒地喊道。

“如果您变富有了，您要做什么？”

“我要建工厂，”卡莱·维克萨里说，“大工厂。无边无际的大工厂！电子设备工厂、汽车工厂、服装厂、糖果厂……”

“这个我相信。”维克蒂杜斯说。

就在这时，欧奈莉、安奈莉和佩吉上气不接下气地冲进花园。他们刚从船上回来。

“维克蒂杜斯，维克蒂杜斯，我们知道河是怎么被污染的了！上游岸边有一家工厂……”佩吉喘着粗气喊道。

“……那个工厂散发难闻的味道，把水污染了，连鱼都死了！”欧奈莉继续说。

“瓦克萨黑莫奶奶的头疼，玫瑰之家孩子们的疹子！”安奈莉补充道，她的脸蛋由于急切变得红扑扑的。

孩子们注意到了卡莱·维克萨里。他一脸愤怒地盯着孩子们。

“啊，抱歉，”佩吉说，“我没注意到您有客人，维克蒂杜斯。”

“这是一位实业家。”维克蒂杜斯说，“顺便问下，您的工厂在哪里？”

卡莱·维克萨里咬着嘴唇说：“就，就在附近……不过那是个小工厂，就像我之前说的。”

“生产什么呢？”维克蒂杜斯问，“我刚刚还没问。”

“香水，”卡莱·维克萨里说，“很不错的香水，堪比法国香水。我的工厂名叫玫瑰滴。”

“所以这就解释了气味和污染的问题？”维克蒂杜斯说。

“这，最开始的时候必然会出现一点问题。但是等我们的生产规模扩大了，一切问题都会解决！”卡莱·维克萨里说，他不再像刚来的时候那么有礼貌了。

“您是这么想的吗？”维克蒂杜斯说，“不行，我得继续我的工作了，再会。”他在卡莱·维克萨里面前转过身，走进屋里去。

卡莱·维克萨里愤怒地瞪了一眼孩子们，迈着烦躁的步子走开了。

坐到车里，他还是气得直哼哼。“愚蠢的老傻瓜，”他嘟囔着，“还有那几个乳臭未干的孩子，真是该死！”

“没有成功吗？”名叫阿尔斯卡的司机问道。

“我从没见过这么愚笨的人！”卡莱·维克萨里怒不可遏。

“所以他没答应和你做生意，”阿尔斯卡说，“那他也不见得有多笨。”阿尔斯卡自顾自地笑了。

“说是不想变富有！听起来是不是疯了？”

“你应该告诉他，对此完全不需要害怕。你会把那些财富全留给自己。”

“哼，明天等我拉拢了市民们，一定会有好办法！”卡莱·维克萨里说，“你发现什么有趣的东西了吗？”

“花园里种满了各种奇怪的植物，我看不出那些是什么。不过后门是开着的，我溜进去的时候没有人发现。那里有一个房间，里面是各种奇怪的小玩意儿，有可能是那个发明家的装置。”

“你本可以随便从那里拿点什么出来！”卡莱·维克萨里说，“重要的计划或者随便什么东西。有你这么个愚蠢的搭档真是可悲！”

“谁说我没有拿东西呢？”阿尔斯卡说，“我好好搜刮了一番。”他说着，从口袋里掏出一个东西。是个钟，长得很奇怪的钟。

这是维克蒂杜斯·瓦普宁的催眠钟，已经安装好配件。

布迪的又一次冒险

“闹钟？”卡莱·维克萨里轻蔑地说。

“我需要一个闹钟，原来的那个坏掉了。”阿尔斯卡辩解道，“这个挺不错，有一个看起来很舒服的底座，非常漂亮。”

“这样的钟到处都有！你想想，你本来可以拿些更有价值的东西。”卡莱·维克萨里责备道，“所有的队友都要当拦路石吗！”

卡莱·维克萨里对阿尔斯卡的责怪真是大错特错了。如果他知道这个钟的真正作用，他一定会高兴到欢呼。

谁也想不到，这个钟除了是维克蒂杜斯·瓦普宁的优秀发明之外，还藏了别的东西——一个名叫布迪·瓦克萨黑莫的小淘气鬼。

布迪非常敬仰维克蒂杜斯，他立志要成为发明家，于是他经常和维克蒂杜斯一起在这个发明室里忙活。多数情况下他都是小助手，因为他可以用灵巧的小手拧紧所有最小的零件。

这个钟的配件侧面有一个小门，小门的铰链上有几个螺丝钉。当那个身材高大的男人溜进房间的时候，布迪正在拧这些小螺丝钉。他被吓了一跳，偷偷从小门藏进了钟里，把门从背后关上。当男人把钟拿起来的时候，布迪正好藏进了里面。

布迪待在小黑屋里，身边全是线团。现在，整个配件里都被填满了。布迪连往外偷瞄一眼都不敢。他听到了汽车发动的声音，意识到自己正在一辆车上。又听见有人在说话，当卡莱责备阿尔斯卡拿了一个微不足道的钟的时候，布迪咧嘴笑了。

“这下，又能来一场有趣的冒险了。”他想着，“等我碰到机会，就叫那两个笨蛋瞧瞧，这是个什么样的钟。”

汽车停了下来，布迪感觉到钟被拿起来，又被放到了什么地方。它就被那么随意地摔在了桌子上。

卡莱·维克萨里说：“最好把这花里胡哨的玩意儿直接扔

进河里去，它简直一无是处。况且等维克蒂杜斯发现它丢了，还会给我们惹上麻烦。”

“他有什么根据怀疑我们?”阿尔斯卡说，“谁也没看到我，而你一直都在外面。”

“或许你这次是对的。那就赌一赌你会不会有麻烦吧!”布迪一边想，一边偷偷地嗤笑起来。

“但是现在，我们必须开始工作了!”卡莱·维克萨里说，“把杂草放进煮锅里，我们就能多得到一些香水。明天我们按原计划向公众展示工厂，必须要有足够的香水瓶陈列，要看起来更大气一些。”

卡莱脱下了精致的套装，穿上了工装连体服。

大锅里开始沸腾，冒起了泡泡，一股刺鼻的味道弥漫到房间里。

“如果这是香水的话，那味道确实挺强烈的。”布迪想着打了个喷嚏。

“什么声音?”阿尔斯卡问。

“小虫子吧。”卡莱说着，拿起一堆小瓶子放到桌上，全部接满了从一个水龙头里汩汩流出的绿色液体。阿尔斯卡则在瓶子侧面贴上了精美的标签。

“明天最好不要让顾客们闻到我们这些黏液的味道，不然我们的生意就完了。”

“我当然已经注意到这点了，”卡莱说，“客人们会拿到真正的香水样品，但不是这些。我这里有一大瓶纯正的法国香水，我把它分装到这些精致的玻璃瓶里。这样一定能产生很好的反响。”

“你可真是狡猾，卡莱！”阿尔斯卡崇拜地说。

男人们继续工作着，卡莱一边工作还一边自顾自地哼着卡莱·维克萨里的诡计之歌：

脑子狡猾，
人就狡猾！
卡莱觉得重要的是，
好好把卡莱的脑瓜转！
花言巧语的鬼话，
诱惑着你的想法，
而我偷偷地笑话
那些愚蠢的傻瓜！
钱包偷偷地填满，
长鼻子跟着就出现！

布迪对自己听到的一切感到惊讶和愤怒，他已经不知道该做些什么。他听到了一些本不会听到的事情，这些事原本也不会让外面的人知道。他明白了，这两个男人就是无赖，想要欺骗市里那些善良的居民。布迪是唯一知道真相的人，可是他该怎样告诉人们呢？他没有任何办法跑出去。他不能出现在男人们面前，那只会带来更多的困难。最好还是暂时待在这个催眠钟里面。

催眠钟！它能帮到什么忙吗？如果能让这两个男人睡着，就能想办法从这里出去了不是吗？可是如果开启了催眠钟，那他自己也会睡着的。该怎么办？

有没有办法向家里传递消息呢？外面传来了潺潺的水声，布迪推断工厂就在河岸边。漂流瓶！布迪曾经听说过这种东西。能成功吗？

他摸了摸口袋，里面有张脏纸巾、一个生锈的大头钉、一截钉子、一颗白色的小卵石、一颗挤扁的葡萄干和一块嚼过的口香糖。

他有办法了！布迪把纸巾撕成两条，把口香糖分成两块，用这些东西做了两个耳塞，然后紧紧地塞进耳朵里面。

布迪对催眠钟的构造十分了解，维克蒂杜斯做测试的时候他经常在旁边观察。有几次测试时，他们俩也一起被催眠了。

布迪溜到钟后面，拧开了螺丝，用尽力气推动钟的闹铃指针，直到它位于正确的位置。

突然，有嗡嗡声响起，就像钟表走动时发出的声音一样。接着，又传来奇怪的声音，那声音先是像从远处传来的喃喃说话声，渐渐地，越来越响，像个巨人在打鼾。

布迪坐在钟下面，耳朵里塞着耳塞。他发现，自己也有点被催眠了。

所幸他还没睡着，钟的嗡嗡声停下了。卡莱和阿尔斯卡已经睡着了，扔下他们正在做的工作，两人还用两种声音打着鼾：

“呼噜，呼噜，呼噜……”阿尔斯卡呼噜着。

“噗噗——噗，噗噗——噗，噗噗——噗……”卡莱噗噗着。

布迪拔出耳塞，满意地笑了。

桌上放着长长的一排空香水瓶。

“现在我真的要放漂流瓶了，”布迪想，“可是怎么放呢？”他想了个办法，把一个瓶子滚到一扇大开的窗边，爬了进去，在里面晃了一下。瓶子朝窗口滚去，离窗口越来越近，突然，啪！它直接掉进了奔涌的河水中。

现在，布迪自己就是漂流瓶里的信了。

佩吉的香水工厂一游

瓦克萨黑莫家里被悲伤笼罩着——布迪不见了。

大家很久没有见过他了。维克蒂杜斯记得，布迪早上还和他一起待在发明室里，可是卡莱·维克萨里走后，他就再没有

看到布迪，还以为他回家去了。维克蒂杜斯当然也注意到他的催眠钟丢了，但是布迪不可能会把它拿走。

玫瑰小巷的住户们一整天都在找布迪和催眠钟，但都是徒劳。

“布迪丢了是件很严重的事情，”维克蒂杜斯说，“催眠钟如果落入了坏人手里，也让人极为担心，坏蛋们可能会用很多方法拿它去牟利。但只要能找到布迪，这件事也许就解决了。”

太阳落山了，布迪依然不知所踪。疲惫的人们到河岸边集合，瓦克萨黑莫家就在附近。

瓦克萨黑莫夫人坐在门廊上，怀里抱着小宝宝米妮。瓦克萨黑莫奶奶虽然头痛，但也出来了，老人家牢牢地抓着莉莉的手，怕她也会消失不见。瓦克萨黑莫先生试图用自己富有男子气概的方式掩盖担忧，思考着布迪消失的原因。

“他一定是在什么地方睡着了，

或者爬到了哪棵树上下不来了。也可能闯了什么祸，躲起来了……”

“现在这个时候，你还责怪我们单纯可怜的孩子！”瓦克萨黑莫夫人大声抱怨，“他现在说不定沉在河底……”

所有人的视线都转移到了河上。绿棕色的臭水缓慢地流淌着，几条死鱼顺着水流慢慢向下漂荡，白色的肚皮朝上翻着。

“那里有条奇怪的鱼！”佩吉说。

真的有个奇怪的东西顺着水流漂下来。佩吉眯起了眼睛。落日的余晖照在上面，那个东西反射着光，大家难以辨别它的样子。

“看起来是个小瓶子。”维克蒂杜斯说。

乌尔霍·乌尔普卡把眼镜架到了鼻子上，“就是个瓶子，”他说，“是个很特别的瓶子。”

“像个瓶子一样的瓶子。”柔西娜女士叹口气。

“但那不是个空瓶子，里面有东西！”安奈莉喊道。

“是个漂流瓶吗？”佩吉说。

“一定是什么小虫子爬进了瓶子里面，”欧奈莉猜测，“也有可能是青蛙。”

“可能是只小老鼠吧，或者小雏鸟。我们试试能不能拿到它。”安奈莉提议。

佩吉从桑拿房的墙边拿起渔网，涉水走过去。他很轻松地捞起瓶子，带到了岸边。大家都聚过来，看清瓶子里的那一刻，担忧转瞬间变成了喜悦。布迪·瓦克萨黑莫还活着！他快乐地挥着手。

“嘿！漂流瓶来了！”他喊道。

瓦克萨黑莫夫人把米妮交给奶奶，不顾一切地冲向瓶子。她没办法抱到布迪，就抱住了瓶子，在瓶子表面“啵”地亲了一口。

“布迪！我亲爱的孩子！妈妈的宝贝！你到哪里去了？你可真是个小无赖，让我们那么不安！你就是欠揍……”

“冷静点，妈妈。”瓦克萨黑莫先生说，“布迪，我的孩子，我们说清楚之前，你最好先从这奇怪的交通工具里爬出来。”

维克蒂杜斯拿起瓶子，把布迪甩到了自己手掌上。“瞧啊，布迪，终于找到你了。可是你知道关于催眠钟的事情吗？”

“我当然知道。”布迪说。

布迪是今天的英雄。他给聚集在岸边的朋友们详细地讲述了自己的冒险经历。他记忆力很好，一字一句地复述了男人们的对话。

“原来如此，这样的一伙人来这里筑起巢了！”乌尔霍·乌尔普卡说。他曾经是警察，对各种犯罪故事很感兴趣，偶尔也会兴致勃勃地读《警察日报》。

“污染了河水，偷了维克蒂杜斯的钟，还计划蒙蔽市民们！”丁蒂娜愤怒地说。

“我觉得，道路改造也是因为卡莱·维克萨里要求有路能直通工厂。”维克蒂杜斯思考着。

“等等，”乌尔霍·乌尔普卡说，“我最近在《警察日报》上读到，近日有犯罪团伙逃窜，就是以这种方式作案的。他们说服那些容易轻信别人的人加入不明企业，骗他们的钱，然后跑路。用杂草做香水，这太典型了！”

“为什么他们没被抓住？”欧奈莉问。

“他们太狡猾了，一旦得手，就会转移到另一个地方去，改掉名字，开一个新公司。”

维克蒂杜斯看起来很不安，“而我的催眠钟就在他们手里。有了它，他们又能骗人了。”

“但他们不知道那个钟有什么特别之处，”布迪说，“他们把它当作普通的闹钟了。”

“他们肯定很快就会搞清楚这个钟的作用，之后会发生什么就显而易见了。”

乌尔霍·乌尔普卡和维克蒂杜斯满脸严肃地看了看对方。

“必须把钟拿回来！”佩吉说。

“当然！我知道在哪儿，我们现在就去吧！”

“不行，布迪，你今天哪里都别去。”瓦克萨黑莫夫人说。

“没有布迪我们也一定能找到工厂，”佩吉说，“今天我和欧奈莉、安奈莉一起去过。我们可以去。不过他们现在还睡着吗？”

“现在走正是时候。”维克蒂杜斯思考着，“男人们应该还在熟睡，不过还是要保持警惕。”

“那我们现在就出发吧！”佩吉说着，跳上了船，欧奈莉和安奈莉也跟着跳了上去。就这样，他们第二次朝香水工厂玫瑰滴划去。

这会儿起了点风，臭味不再那么让人无法忍受了。可是欧奈莉和安奈莉还是紧紧地捏着鼻子。

“这里闻起来像烂鱼池。”欧奈莉抱怨。

“就是烂鱼的味道，”佩吉气愤地说，“我的一整桶烂鱼都丢在那边的横梁下面。”

“把它们扔了吧。”安奈莉说。

“少留污染河水的东西吧。”佩吉说，“回来时如果你们还有力气，我们就把它们埋进土里。”

工厂出现在眼前。那里静悄悄的，什么声音也没有，烟囱也没有往外冒烟。男人们一定还在睡觉。

佩吉朝窗户下面划过去，欧奈莉和安奈莉把船撑到合适的地点，佩吉从窗口跳了进去。

正如布迪所说的那样，卡莱和阿尔斯卡趴在工作台边，还在睡梦之中。他们面前摆着一排瓶子，有些是空的，有些是装满的。催眠钟安静又神秘地待在阿尔斯卡刚才放下它的地方。

佩吉拿起钟，从窗口递给了安奈莉。他正打算跳出来的时候，忽然悄悄吹了声口哨，“嘿，把那个鱼桶拿到这里来，”他小声对女孩们说，“给他们来点香味！”

欧奈莉嗤笑着，把臭桶递给了佩吉。在炎热的天气里，烂鱼几乎变成了稀烂的汤，散发着恶心的臭味。

佩吉朝四周看看，卡莱的面前放着一些小小的玻璃瓶。

“这些就是布迪说过的作为礼物的瓶子吧，”佩吉想着，“那个大瓶子里，是他们准备要装进小瓶子的好东西吧。来开个小玩笑吧。”

女孩们在船上紧张地等着。

“快来吧，趁他们还没醒。”安奈莉小声催促。

“马上。没什么危险。”佩吉小声回答道。

过了一小会儿，佩吉爬回了船上。他笑着，嘴都快咧到耳朵根了。“我们走吧！”

很快，船朝家的方向漂了回去。

奥斯卡·凯路又来了

第二天早上，玫瑰小巷在隆隆声和东西碎掉的哗啦声中醒来了。玫瑰小巷的住户们赶忙起来看发生了什么事。

有个很大的器械沿着玫瑰小巷一路发出可怕的隆隆声。它的外形像个拖拉机，前面还有个古怪的大铲子。它一定能把路上所有的障碍全铲掉。

是奥斯卡·凯路来进行道路改造，他要把丁蒂娜和珰蒂娜的花园、房子以及所有障碍全部铲掉。

奥斯卡·凯路敲了敲瓦普宁家的大门。“尊敬的先生，”他说，“我感到很惊讶，您并没有遵守我的指令。这是为什么呢？”他一副严肃的模样。

“我们没办法这么做，”丁蒂娜回答，“我们还能去哪儿呢？”

“这不是我要处理的问题，”奥斯卡很不友好地说道，“我已经给了你们充足的时间，这是法律规定的，是你们的义务。市政府会给你们开罚单的。”

“是谁制定出这么蠢的法律的？”欧奈莉问。

慢慢地，玫瑰小巷所有住户都聚集到了瓦普宁家的院子里。

“这是全体人民制定的。”奥斯卡·凯路说。

“根本不是！您怎么能这么说呢，”珰蒂娜说，“我从来就没有制定过什么法律。”

“你们自己选择了那些起草法律的人，”奥斯卡·凯路说，“如果你们对他们起草的法律不满意，那是你们自己的原因。你们得换个方式选。”

“我们小孩从来没选过谁。”安奈莉说。

“也没有人问过我们！而这个世界上孩子的数量和你们大人也差不多吧！”

“我不是来这里讨论法律的，”奥斯卡·凯路不满地说，“我有市政府的命令，要在这里实施道路改造。不说别的，工期很紧，不久前开始运行的工厂需要这条建好的路，刻不容缓。”

“你是指香水工厂玫瑰滴吗？”佩吉问道。

“正是。”奥斯卡·凯路回答。

“那就是个骗局！”佩吉说，“卡莱·维克萨里和他的助手计划蒙蔽我们市的居民。他们是坏人！”

“请注意你的言辞，年轻的男士，”奥斯卡·凯路厉声说，“我碰巧认识维克萨里厂长。他的目标好到不能再好了，他亲自和我说了他的计划。”

“这计划会是什么呢？”乌尔霍·乌尔普卡说，“很多人可能都对此感兴趣。”

“他的宏伟目标是让我们市民获取利益，为我们带来财富，就是这样。好了，各位，请你们移步，给推土机让让路，这样我们才能开始工作。我已经向市长承诺，今天中午之前就要把路开出来，到时候他会用到。”

乌尔霍·乌尔普卡偷偷把佩吉、欧奈莉和安奈莉叫到身边说：“试着把他们拖住，能拖多久拖多久，用上所有的办法。我必须去市里办一件重要的事情。”

“啊，乌尔霍，别丢下我们！”柔西娜女士喊道，“做些什么吧！”

“我就是要做点什么。”乌尔霍·乌尔普卡回答道，然后转过身，迈着匆忙的步子朝市中心走去。

孩子们担心地互相看了看，他们该怎么拖住这伙人呢？维莱·威尔斯塔瓦莱坐在拖拉机的驾驶室里，已经发动了引擎。

瓦尔特里·瓦克萨瓦拉已经抓住大门的铰链，要把门提起来。

“进攻！”佩吉大喊一声。于是，玫瑰之家所有的孩子一拥而上，去攻击那三个男人。有六个挂在奥斯卡·凯路的手上和腿上；瓦尔特里也同样变成了攻击目标，他不得不爬到栅栏上以求自保；行动最敏捷的几个孩子一起跳上了推土机，拽住了维莱的手和脚，让他没办法操作机器。拖拉机突然转弯掉进了沟里，维莱也差点摔下去。

“嘿！不能这样！让开！你们每个人都要为此负法律责任！警察，得叫警察来！这是违法的！你们这是暴力行为！”奥斯卡大喊。

孩子们根本不在乎他的大喊大叫，还是像牛蒡一样挂在他身上。

“这样拖不了他们多久的，”佩吉说，“必须想出个更好的办法。嘿，我知道了！”他迅速跑到维克蒂杜斯那里，在他耳边低声说了什么。维克蒂杜斯急忙跑到发明室去，拿着催眠钟回来了。

孩子们已经败下阵来。奥斯卡把孩子们从手上甩开，他们就像火星一样被抛到了四周；维莱也把孩子们从驾驶室驱逐出去，又把拖拉机开回了路上；瓦尔特里跨坐在栅栏上。

这时，奇怪的声音充斥在空中。先是像远处传来的嗡嗡声，渐渐地，越来越强，变成了巨大的喃喃声，听起来像巨人在打鼾。

一切都安静了。

片刻之前，玫瑰小巷还充满着疯狂的尖叫、呼喊，闹哄哄的。现在什么都听不到了，只剩安静的呼吸声，时不时被几声鼾声覆盖。

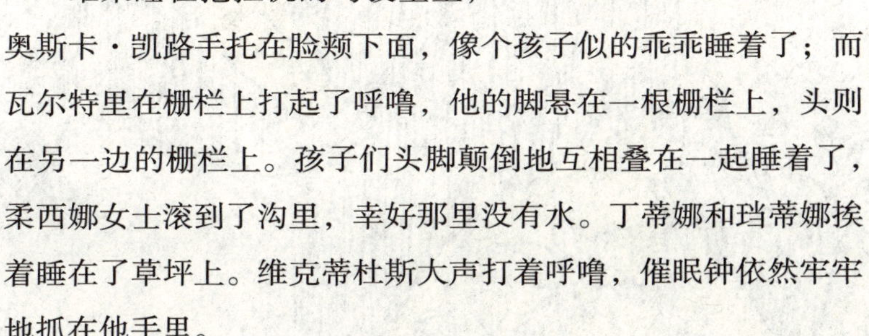

整个玫瑰小巷都睡着了。

维莱睡在拖拉机的驾驶室里；奥斯卡·凯路手托在脸颊下面，像个孩子似的乖乖睡着了；而瓦尔特里在栅栏上打起了呼噜，他的脚悬在一根栅栏上，头则在另一边的栅栏上。孩子们头脚颠倒地互相叠在一起睡着了，柔西娜女士滚到了沟里，幸好那里没有水。丁蒂娜和珰蒂娜挨着睡在了草坪上。维克蒂杜斯大声打着呼噜，催眠钟依然牢牢地抓在他手里。

鸡舍里的惊喜小鸡也把头埋在翅膀下面睡着了，做着小鸡的梦。它们的梦会是什么样的呢？

香水工厂玫瑰滴

卡莱·维克萨里和阿尔斯卡慢慢醒了过来。

“嚯嚯，刚刚可能是打了个小盹儿。”阿尔斯卡说着，伸了个懒腰。

“为什么打个盹儿会让人这么累呢？”卡莱揉着眼睛说。

“刚才天上是打雷了吗？”阿尔斯卡沉思着。

“几点了？”卡莱·维克萨里仔细想。他看了看表，“似乎七点了，”他说，“已经这么晚了……”

“现在是早上还是晚上？”阿尔斯卡挠着脑袋问道。

“一定是晚上了。”卡莱回答。

“可是太阳为什么在那么奇怪的位置。”阿尔斯卡打着哈欠说。

“太阳就在它该在的位置。”卡莱说，“不能再偷懒了，我们必须把香水瓶装满，贴好标签，然后把所有瓶子都好好装饰一下。明天的一切都得准备好。”

正在这时，传来“啪”的一声，今天的日报来了。

“哦吼，邮递员怎么这个时间来了？”阿尔斯卡说着，走过去拿起报纸。

“拿过来，”卡莱·维克萨里说，“有什么新消息吗？”

他打开报纸，头版上有一张大大的卡莱·维克萨里的照片，他笑得很开心，手里拿着香水瓶。

“好奇怪，这则广告应该明天才登啊。”卡莱·维克萨里说。

阿尔斯卡凑过来。“为什么上面没有我的照片？”他抱怨道。

“别犯傻了，看这上面怎么说的。”卡莱·维克萨里读道，“猫薄荷市史上重大事件。今天，香水工厂玫瑰滴将向市民们开放。女士们将收到精致的香水礼物！还有机会认购大量工厂股份。注意，名额有限！只收现金！十二点整，欢迎各位到来。”

“不对啊……但是该怎么解释呢，今天登出来了。今天到底是哪一天？不是吧，今天已经是明天了！天哪，天哪！你这次可能说对了，阿尔斯卡，我们已经睡了整整一晚上！”

“都怪我忘记定那个闹钟。”阿尔斯卡后悔地说，“可是它在哪儿呢？你拿走了吗，卡莱？”

“我才没有，那个蠢东西。但是，我们现在没时间在意你的闹钟了，那个该死的小玩意儿。我们得赶快把一切都准备好！”

卡莱开始收拾工厂大厅，阿尔斯卡把大瓶子里的黄绿色液体分装到小玻璃瓶里——大瓶子侧面印着法文。

“在香水这方面，法国人的品位有点奇怪呀，”阿尔斯卡说，“这香水好黏啊。”

卡莱顾不上回应阿尔斯卡，他在往门周边贴卡片，还要布置讲台前面的座位——他准备进行一场精彩的致辞。讲台上有张桌子，上面摆着漂亮的香水瓶，此外还有一堆金边卡片，那

是股份证书，卡莱·维克萨里打算把这些卖给市民们。

与此同时，市民们也都看到了报纸，头版的巨幅广告自然吸引了人们的注意。所以，十二点的时候，香水工厂玫瑰滴的大门前聚集了一大群人就不足为奇了。站在人群前面的自然是市长和他优雅的夫人。

卡莱·维克萨里忙着欢迎客人们的到来，他又穿上了那套精致的细条纹套装。

“欢迎欢迎，尊敬的市长先生，”卡莱·维克萨里深深地鞠了一躬，“太让人开心了，市长夫人！您能来我真是倍感荣幸！”

市长并不是很高兴。“我真的很生气，”他说，“我之前专门和首席改造工程师奥斯卡·凯路约好，今天完成道路改造。可是现在呢！我们不得不把车停在一百米开外的地方，我的妻子只能痛苦地走了这么长一段路。”

卡莱·维克萨里鞠了个更深的躬，“太遗憾了，不过对此我也真是无能为力。让我请各位先生女士进来吧。如您所见，我们的工厂目前还在以非常基础的模式运行。不过请允许我说一句，毕竟要循序渐进嘛。我们的产品质量并没有打折扣，这是我的原则。”

由于来的人太多，会场里坐不下，有些人只能站在外面。

卡莱·维克萨里走上讲台。他向听众们致以最崇高的问候，然后开始宣讲用杂草做出高级香水的发明。他说用如此廉价甚至免费的原材料，却能生产出堪比外国高级香水的产品。他信誓旦旦地说，他绝不能自私地把巨额的利益全

都据为己有，希望能帮助到整个城市，帮助到这里的每一位居民，他希望猫薄荷市的每位居民都能成为工厂的股东。

“这一次，”他最后说，“这一次，每个人都有机会购买工厂的股份，想买多少都可以。利润自然会依据所持股份的比例来分配。”

大家兴高采烈地鼓起了掌，纷纷赞叹维克萨里厂长真是个奇人。

市长站起身来代表市民们表达谢意。他带领市民向卡莱·维克萨里——这位本市的大人物——欢呼三声，结束了这场演讲。

“请允许我，”欢呼声消退后，市长说道，“请允许我，以本市市长的身份，荣幸地购买第一股。”

卡莱·维克萨里一副得意扬扬的样子。他又一次深深鞠躬，感谢对他的支持。“很高兴将第一股出售给市长先生，请您尽情购买。不过，”卡莱·维克萨里恰到好处地停顿了一下，“不过，如果能听我一句，我不希望大家盲目购买。首先，我要荣幸地为市里的女士们送上工厂产品的第一批样品。尊敬的女士们，等各位感受到了我们香水的高级品质，您就可以告诉您的丈夫，是否希望成为香水工厂玫瑰滴的股东。”

大家再次表示了支持。阿尔斯卡端着一个大托盘走上前，上面放满了精致可爱的小香水瓶。每位女士都拿到了一份。

“多么精巧啊！”优雅的市长夫人愉快地说，“我现在就要试试。”

她打开瓶盖，倒了几滴在手腕上。

可怕的臭味立刻在房间里弥漫开来。

市长夫人优雅的脸扭曲成了憎恶的脸。她大喊：“太糟糕了！这是什么东西？是恶作剧吗？你们是在耍我吗？”

卡莱·维克萨里霎时面色灰白。“哦，天哪，当然不是，一定是出了什么严重的差错，我不知道那个瓶子里被放进了什么。”

此时，其他女士也打开了手里的瓶子。大厅里霎时充满了令人作呕的臭味，让人无法再待下去，会场的客人纷纷逃向外面。

“冷静一下，尊敬的客人们，”卡莱·维克萨里竭力喊道，“一定出了什么差错！这是故意破坏！如果大家能耐下心来，这一切我都可以解释！还有股份，尊敬的先生们，股份！鉴于这种情况，我半价卖给大家……”

没有人再听了。谁都不会买香水工厂玫瑰滴的股份。

“叛徒！骗子！该死的发明家！”大家愤怒地喊着。

市长忍着暴怒照顾着自己优雅的夫人——她已经昏过去了。

客人们都离开了，只剩卡莱·维克萨里和阿尔斯卡坐在空荡荡的工厂大厅里。他们看起来十分沮丧。

“到底是怎么变成这样的？”卡莱·维克萨里说，“我们已经买了高级的法国香水啊，是你亲自装到那些礼物瓶子里的。”

“是我装的，”阿尔斯卡挠着头说，“不过我确实对这个味道感到奇怪。我觉得闻起来像烂鱼，但我怎么会了解那些法国人呢。”

香水工厂玫瑰滴的聚会并没结束。

大厅里走进来三个人——前任警察乌尔霍·乌尔普卡、猫薄荷市的警察局局长和一个穿便衣的男人。

三个男人走到卡莱·维克萨里和阿尔斯卡身边。警察局局长郑重地说：“以法律的名义，你们被逮捕了。”

第三个男人——顺便说一下，他是一名侦探——把手铐铐在了卡莱和阿尔斯卡的手腕上。

卡莱和阿尔斯卡跟着侦探走出了猫薄荷市，再也没有回来。

关于卡莱·维克萨里的真相

优雅的市长夫人逐渐好转，市长终于有时间来关注这件事。“这一切到底是怎么回事？为什么给维克萨里厂长戴上了手铐？他做了什么？为什么我的妻子闻了那香水就晕倒了？”

警察局局长鞠了一躬，说：“尊敬的市长先生，这两个男人——卡莱·维克萨里和阿尔斯卡·阿尔皮宁是警察的老熟人了。他们是危险的罪犯。”

“这不可能！”市长感到震惊，“卡莱·维克萨里，那么优秀的一位先生，举止优雅，是个天才发明家……你们肯定弄错了，警察局局长。”

侦探走上前来说：“我们绝不会搞错。我们已经找这两个骗子很久了。这是通缉令，如您所见，这上面是他们的照片。”

市长把纸接过来。“这不是他们的名字。”

“当然不是，”侦探说，“他们用的是假名。”

“他们到底为什么被起诉？”市长还是不太确定。

“这么说吧，他们的罪名很多。”侦探讲道，“每到一个新地方，卡莱·维克萨里就先混成当地领导的熟人，以便随时找理由展示自己——他特别愿意介绍自己是发明家，就像在这里一样。在某个城市，他说自己发明了能发出暗光的灯泡。灯泡厂建起来了，卡莱·维克萨里把股份卖给市民们，一拿到钱就跑路了。不用说，那发明就是一派胡言。在另一个地方，他声称自己发明了用雪制作出美味冰激凌的方法，正如我们所猜到的，这发明也全化为泡影。在这里，猫薄荷市，他说自己发明出了用杂草制作高级香水的方法，大家亲眼看到了，这也和发明不沾边。他要是把工厂股份兜售给了市民们，那么之后就再也看不到他了，您的钱也就不见了。他就是这样的人。还有他忠实的助手，那个阿尔斯卡，他体形巨大，但智商方面却矮小。”

“你们怎么发现这些骗子在猫薄荷市的？”

“我的朋友乌尔霍·乌尔普卡碰巧关注到了他们，向官方报告了这件事。于是如您所见，我们才能抓住他们。”

市长摇了摇头，说：“我觉得，他们给女士们送那些味道可怕的香水也太愚蠢了。”

“那确实不是卡莱·维克萨里的本意。瓶子里原本装的确实是真正的香水，有个聪明的男孩成功地把里面的东西换成了那些味道很臭的黏液。”

“他在里面放了什么？”市长问道。

“嗯，这是一项复仇计划。或许您听说过，流经城市的河流因为工厂的工业废水而被严重污染了，很多鱼死掉了。佩吉把瓶子里的法国香水换成了浸泡过烂鱼的水。这么一来，鱼也为自己复仇了。”

“现在我全明白了。”市长说，“我太愚蠢了，被人牵着鼻子走。要不是礼物瓶里是那些味道难闻的液体，我们全体市民现在都会拥有一堆毫无价值的股份，甚至没那张印着股份证明的纸值钱。我们的钱也就全都跑进骗子们的口袋里了。”

“确实会变成这样。”警察局局长说。

市长突然拍了下额头，“但是天哪，我完全忘记了一件事情！那个狡猾的卡莱·维克萨里哄骗我修一条直通工厂的高速路！这样一来，必须对玫瑰小巷进行改造！工程现在肯定正在进行，我必须要去阻止！不需要什么高速路了，现在不需要，未来也不需要。”

“快没时间了，”乌尔霍·乌尔普卡说，“今天早上推土机就来到了玫瑰小巷。我让孩子们想尽一切办法阻止施工，但他们怎么做得到呢？”

“我们得赶快去看看，那边怎么样了，”市长说，“如果丁蒂娜和珰蒂娜的花园被毁掉了，我永远不会原谅自己。”

市长、两位警察和乌尔霍·乌尔普卡冲到了玫瑰小巷。

他们在那里看到了什么景象呢？我们下章再讲。

奥斯卡·凯路忧郁的秘密

赶来的人即将看到奇异的画面。

大推土机停在丁蒂娜和珰蒂娜花园的门口，司机维莱·威尔斯塔瓦莱趴在方向盘上沉沉睡去，还轻轻地打着呼噜。瓦尔

特里·瓦克萨瓦拉挂在栅栏上打着鼾，腿时不时踢来踢去，好像有人在摸他的肚子一样。奥斯卡·凯路躺在地上，四仰八叉，在睡梦中发出呜呜声，手不停地动来动去，仿佛想要甩掉什么东西。

大人小孩全睡着了。最重要的是，丁蒂娜和珰蒂娜的花园、瓦普宁家的房子毫发无伤。

“感谢上苍，”乌尔霍·乌尔普卡说，“花园没事，道路改造还没进行。”

“他们病了吗？”市长疑惑不解。

“也可能是喝醉了，”警察局局长怀疑，“现在都睡在街上了！连小孩子都是！”

乌尔霍·乌尔普卡弯下腰，从维克蒂杜斯手里拿起催眠钟。“他们没病，也没喝醉，”他说，“维克蒂杜斯·瓦普宁最优秀的发明效果真是太好了！”

“究竟是什么发明？”市长奇怪地问，“那不就是一个普通的闹钟嘛，而且似乎不能用。”

“这确实是个钟，”乌尔霍·乌尔普卡说，“是催眠钟。”

“我从没听说过这种东西，”警察局局长说，“似乎是个强有力的设备。”

“但是怎么让他们醒过来呢？”市长问道，“他们好像能睡上一百年。”

“当然不会。局长，如果您吹一下这个哨子，一定会有帮助的。”乌尔霍·乌尔普卡提议道。

警察局局长把哨子放在嘴边，用力吹了很久。第一次什么效果也没有。第二次，大家在睡梦中动了动。于是，警察局局长吹了第三次，脸都红了，眼珠子都要凸出来了。起作用了！

第一个醒过来的是佩吉。他跳起来坐好，惊讶地观察着周围。“嘿！催眠钟起效果了！我们大家都睡着了！”

欧奈莉和安奈莉也醒了过来。

“睡得好香啊，”安奈莉说，“我做了一个很棒的梦。”

“我也是，”欧奈莉说着揉了揉眼睛，“我梦到我是一位公主！”

“而我是一个小仙女。”安奈莉说。

“我也做了梦，”佩吉说，他已经不打哈欠了，“那是个疯狂的西部牛仔梦。我骑着一匹骏马去追一个偷牛贼，砰砰！”他讲道。

维克蒂杜斯爬坐起来，抓了抓自己的耳朵。“啊，你们做梦了，”他说，“我也做梦了，非常有趣。我好像成功了。”

奥斯卡·凯路也弹起来。他发现瓦尔特里挂在栅栏上打呼噜，维莱坐在拖拉机的驾驶室里打盹儿，他的眉头生气地皱了起来。“什么什么什么！”他喊道，“你们在工作时间睡着了！道路改造都急得火烧眉毛了！我向市长承诺过，今天要完成！”

“您冷静一下，首席改造工程师先生，”市长说，“这个计划取消了。”

“市长先生，我确实失职了。这种事以前从未发生过，以后也不会再发生了。”

“一切都没问题，我已经说过了。”市长向他保证。不过奥斯卡·凯路没听进去。他现在火冒三丈。

“我不明白，我怎么了，”他绝望地说，“天上肯定打雷了。我这辈子从没在工作时间睡着过。”

“那您睡着也是幸运的，”乌尔霍·乌尔普卡说，“避免了不幸。”

这时，从小巷传来马蹄的嗒嗒声，一匹彩色的小马出现在大家的视野中。它身后拉着一辆漂亮的红色轮子马车，车上坐着的是玫瑰木女士。

“你好啊，奥斯卡·凯路！”玫瑰木女士打起招呼。

“教母！”奥斯卡·凯路的脸颊变得红通通的。

“玫瑰木女士！”欧奈莉和安奈莉异口同声地喊道，“您收到我们的信了吗？您是奥斯卡·凯路的教母？”

“没错，是的。”玫瑰木女士回答说。

“我昨天才收到你们的信，信可能在路上被耽搁了很久。收到信我立刻就出发了。看来，不幸还没有发生。孩子，我对你感到很不满意。”她转向奥斯卡·凯路说道。

“我什么也没有做错啊，亲爱的教母，”奥斯卡谦恭地说，“我是在尽力完成自己的任务，维莱和瓦尔特里可以做证。”

“确实如此。”维莱和瓦尔特里齐声说。

“我从不把时间浪费在娱乐和其他没用的事情上。”奥斯卡·凯路继续辩解。

“没错，确实不做那些事情，首席改造工程师先生。”维莱和瓦尔特里做出保证。

“我的原则是认认真真迅速履行自己的职责。”

“确实，我们也可以证明这一点。”维莱和瓦尔特里承认。

“但你知不知道，你最重要的职责是什么？”玫瑰木女士严厉地问。

“我当然知道！做好道路改造。我可是首席道路改造工程师！”

“所以您就声称自己有权利毁掉我们的家和花园吗？”丁蒂娜问，她刚刚醒过来。

“只要道路笔直，我按照在大学里学到的知识完成工作，其他事不能要求我去做。”

“这些事当然要你来做。”玫瑰木女士说，“你要有一颗心。”

“大学里没有说过这些。”奥斯卡·凯路说。

“学校也许不会教这些，”玫瑰木女士说，“每个人在小的时候都有心，但是很多人长成后不再呵护自己的心，心可能就死掉了。”

“那整个人不也就死掉了吗？”奥斯卡·凯路问。

“没有心的人也可以活很久，不论世界上发生什么事，他们都不会为之触动。他们不会有太多悲伤，亦不会感受到太多快乐。”

奥斯卡·凯路有点闷闷不乐，玫瑰木女士严肃地看着他，但随即，她的目光又充满了宠爱。

“你知道丁珰蒂娜的花园里生长的是什么吗?”她问。

“就是些花哨无用的东西。”奥斯卡·凯路轻蔑地说。

“那里生长的是好玩的心思，是欢笑，是快乐。在你看来，它们只是花哨无用的东西?”

“反正我从没用那些东西做过什么。”奥斯卡说。

玫瑰木女士的眼神变得柔和，又有几分悲哀。“你还记得麦拉·莫路卡吗?”她沉静地说。

奥斯卡·凯路的脸一下子红了，渐渐变得苍白。“我什么都不记得了……”他像是在喃喃自语。

“我可还记得，”玫瑰木女士说，“你也记得很清楚。你一直以来都记得。”

“那已经是很久以前的事情了。”奥斯卡·凯路的声音有些奇怪地颤抖起来，他紧盯着自己的脚。

“是啊，已经是很久以前了。那时你还是个孩子，知道什么是快乐和柔情，那时你还有心。现在，跟我说说麦拉·莫路卡吧。”

“那是个洋娃娃，”奥斯卡·凯路静静地说，“我的洋娃娃，一种布制的洋娃娃。我非常喜欢它，真是荒唐可笑，它是我最珍贵的宝贝。”

“它怎么样了?”玫瑰木女士问。

“有几个大男孩嘲笑它。他们把它从我手里抢走，扔到了井里。爸爸妈妈对我说，不值得为这样的东西哭泣，男孩子不应该掉眼泪。我就没有哭，我再也没哭过。现在，我也不笑了。”

“是啊，是啊，”玫瑰木女士说着流下了眼泪，“也许那时你的心受了伤，几乎死掉了，你忘记了什么是快乐。”

“也许是这样的。”奥斯卡·凯路的眼里满是忧郁。

“你想想，奥斯卡，你差点要毁掉丁蒂娜和玿蒂娜的花园，差点要毁掉那么多的快乐！”

“我不知道这些。”奥斯卡说。

玫瑰木女士说：“我不能让快乐从这个世界上消失。很久以前就把麦拉·莫路卡从井里救了出来，它就在这儿。”

玫瑰木女士从包里拿出一个破烂的布娃娃。奥斯卡·凯路看到它，高兴地喊了出来：“麦拉·莫路卡！”他温柔地说着，眼泪顺着脸颊流淌下来，“我再也不会把它丢掉了！丁蒂娜和玿蒂娜的花园也不会消失！奥斯卡·凯路会守护它们！”

“还有我们！”维莱·威尔斯塔瓦莱和瓦尔特里·瓦克萨瓦拉齐声说道。

好梦电视

玫瑰小巷今天发生了太多事情，很多事得到了完美的解决，但还有一件没有处理。

维克蒂杜斯·瓦普宁神秘的发明——催眠钟上的附件，是什么样的呢?

大家陆续醒来，奥斯卡·凯路的忧伤也得到了抚慰，维克蒂杜斯拿起催眠钟，开口说道:“大家应该记得，我第一次展示催眠钟时，所有的大人都很满意，而孩子们却不。那时我就想，必须要改进发明，让所有人都喜欢。于是我就给它发明了一个配件——好梦电视。它的效果是，当催眠钟让人睡着时，好梦电视就开始给睡着的人展示梦境。”

“什么样的梦呢?”佩吉兴致勃勃地问。

“没人会知道，”维克蒂杜斯说，“梦是睡觉的人自己想出来的，好梦电视只是把它们唤醒了。”

“我睡觉的时候梦到自己是一位公主!”欧奈莉说，“是因为好梦电视吗?”

“当然。”维克蒂杜斯微笑着说。

“我做了一个激动人心的狂野西部牛仔梦，”佩吉回忆说，“也是因为好梦电视吗?”

“应该是的。”维克蒂杜斯回答。

“我梦见一个像房子那么大的小猪存钱罐，”柔西娜女士说，“那真是个美妙的梦啊!”

“您做了什么梦呢，首席改造工程师先生？”

“我做了个可怕的梦，”奥斯卡·凯路一边说着，一边把麦拉·莫路卡紧紧抱在胸前，“我走在一条笔直宽阔的高速路上，到处都是开得飞快的汽车，它们直接冲我来了！太可怕了！”

“我也做了同样的梦，”瓦尔特里·瓦克萨瓦拉说，他已经从栅栏上下来了，擦了擦额头上的汗，“我的孩子们走在平时那条上学的路上，却时刻都有被轧到车轮下面的危险。现在想起还是不寒而栗！”

“我梦见奶奶被车撞了，额头上起了一个大包！我从来没做过这么可怕的梦。我那么喜欢我的奶奶，”维莱·威尔斯塔瓦莱说，“奶奶会织世界上最好的毛线袜。”他自豪地说着。

“那丁蒂娜和珰蒂娜呢？你们一定梦到了自己的花园吧？”

“你怎么猜到的？”丁蒂娜说，“我的梦就是这样的。圣诞星星飞走了，贴到天空上。你们一定不会相信，它们在那里闪烁得多么美丽！”

“我的梦和惊喜小鸡有关，”珰蒂娜回忆着，“它们下了很奇怪的蛋。现在听到它们咯咯叫的声音，我必须得去看看！”

玫瑰之家的孩子们也兴致勃勃地讲起自己的梦。有人说自己刚才在月亮上，发现它是个大冰淇淋球；有人说自己在摘浆果，发现了一颗巨大的树莓，就搬到里面住了下来；有人坐着飞碟飘啊飘；还有几个孩子参观了圣诞老人的玩具作坊……所有人的梦都非常有趣。

“看来，好梦电视比我想象的还要成功，”维克蒂杜斯满意极了，“梦境对每个人都有积极的作用。它给好人带来了好梦，给坏人带来了噩梦。”他瞥了一眼奥斯卡·凯路和他的助手们，“我不是说你们三个是坏人，”他说，“不过你们确实差点做出糟糕的事情。梦境给了你们惩罚。”

“我想知道，好梦电视会给玫瑰木女士带来什么样的梦呢？”安奈莉思考着。

“嗯，我还没试过呢，”玫瑰木女士说，“即使没有好梦电视，我也会做美梦，但我从没和别人讲过。”

“那维克蒂杜斯呢？”佩吉问，“你一定在梦里看到了很多奇思妙想的新发明吧？”

“谁知道呢！”维克蒂杜斯露出一抹神秘的微笑。

正在这时，珰蒂娜提着一篮子蛋从鸡舍回来了。“那些惊喜小鸡刚刚给了我们很大的惊喜！它们一定也在催眠钟的声音里睡着了，下了一些奇怪的蛋。所有的蛋壳上都有字。”

安奈莉把一颗蛋拿在了手上，“给奥斯卡·凯路。”她读道，“天哪，这是给您的！”安奈莉说着，把蛋递给了奥斯卡。

欧奈莉拿起另一颗蛋，“这上面写着给瓦尔特里！”

“这颗是给维莱的！”佩吉说着，把蛋递给了维莱·威尔斯塔瓦莱。

“这里还有一颗，好像是给我们所有人的！”珰蒂娜边检查鸡蛋篮里的蛋边说。

“它们是怎么知道我们所有人的名字的？”乌尔霍·乌尔普卡很好奇。

“不然怎么是惊喜小鸡呢！”

“那我现在该怎么做?”奥斯卡·凯路看着手上的鸡蛋，无助地问。

“您最好把它打开。”琄蒂娜建议道。

奥斯卡·凯路把蛋壳敲破了，里面露出一个奇怪的东西，像一把尺子，却又不是尺子。

“这是什么奇怪的装置？一定不能吃。”他失望地说。

维克蒂杜斯看了看这个装置，说：“如果我没猜错，这是一把可以画出杂乱路线的尺子。”

“那它可以做什么?”奥斯卡·凯路有些纳闷。

“当然是画乱七八糟的线呀。”维克蒂杜斯说。

“那有什么用处？”奥斯卡·凯路有点急了。

“如果把乱七八糟的路线画在地图上，一定很有趣。”欧奈莉说。

“让它们看起来就乱七八糟的。”安奈莉继续说。

“有了这些乱七八糟的路线，车都会缓慢行驶。”佩吉思考着。

“有了乱七八糟的路线，人们不会再被车撞了。”柔西娜女士指出。

“正是如此！孩子们也没危险了！”瓦尔特里很高兴。

“我奶奶也没危险了！”维莱想到了这点。

“啊哈，”奥斯卡·凯路沉思着说，“现在我明白了。”他转向玫瑰之家的孩子们，“你们喜欢乱七八糟的路线吗？”

“当然喜欢！”孩子们大喊。

“那么我从今天开始就只规划乱七八糟的路线了。”奥斯卡·凯路坚决地说。

“现在我们把所有的惊喜蛋都打开吧！”佩吉说。

“你的蛋里是什么，维莱？”

维莱的蛋里面是一双漂亮的灰色毛线袜，信不信由你！

“简直就和奶奶织的一样！”维莱开心极了。

瓦尔特里打破了自己的蛋，里面是满满一小袋种子，各种各样的。

“是什么？”瓦尔特里有点失望，“像是草籽。”

“把它们种到你家院子里吧，”珰蒂娜建议道，“我想这些种子一定能长出玩具！给你的孩子们！”

“哇，玩具的种子！我的孩子们一定会很开心！”

大家纷纷把蛋打开了。如果我把每一个蛋里的惊喜都讲讲，那这个故事就太长了。所以，不如你自己来想一想，你一定会感受到很多惊喜。惊喜蛋不正是这样的吗！

哦，不要以为我忘记了瓦克萨黑莫一家，以及这个故事里的英雄——布迪。

不久之前，安奈莉已经把瓦克萨黑莫一家带来了丁蒂娜和珰蒂娜的花园，来共同感受这欢乐。他们也拿到了惊喜小鸡下的蛋。我来讲讲布迪的蛋吧。

蛋里有一个小巧的放大镜，还有一顶和全世界最著名的侦探夏洛克·福尔摩斯的帽子一模一样的帽子。你应该知道它的样子，前后都有帽檐，两侧的护耳在头顶上系成个蝴蝶结。

布迪高兴极了，他立刻戴上帽子，拿着放大镜开始调查地上的各种线索。“不好意思，维克蒂杜斯，”他说，“我不想当发明家了。我要成为一名侦探！”

“好啊，好啊，我的孩子，”瓦克萨黑莫先生说，“我觉得你的礼物应该就是指向这个领域吧。”

你注意到了吗？这几个故事总是在盛大的聚会中结束，这个也不例外。

当一切混乱都结束了，除了在丁蒂娜和珰蒂娜的花园庆祝，还能做什么呢？一盘盘美味端上了桌，大家愉快地吃吃喝喝。

乌尔霍·乌尔普卡拿出公鸡陶笛，吹奏起欢快的旋律。玫瑰之家的孩子们唱起了歌儿。他们是这么唱的：

有了好玩的事情就会很开心！
有了好玩的事情就会很开心！
我们手拉着手，
这样就可以跳起舞。
有了好玩的事情就会很开心！

多么开心，房子依然矗立！
多么开心，房子依然矗立！
消散了所有担心疑虑，
快乐的日子依然继续。
多么开心，房子依然矗立！

蜿蜒的小路真是惬意！
蜿蜒的小路真是惬意！
在那里欢乐地散步，
任何人都不会陷入危险里。
蜿蜒的小路真是惬意！

多么开心，河流变得干净！

多么开心，河流变得干净！
水不再像豌豆汤，
鼻子也闻不到臭气，
小鱼儿欢快地游在水里！

奥斯卡真是好人！
奥斯卡真是好人！
打了一个小小盹儿，
立刻学到新道理。
现在的奥斯卡，真是个好人！

最棒的是玫瑰木女士！
最棒的是玫瑰木女士！
所有人都受她照顾，
她带给我们欢乐与幸福。
最棒的是玫瑰木女士！

《欧奈莉和安奈莉的故事》

ISBN: 978-7-5301-6176-0

◎ 芬兰国宝级儿童文学

◎ 不能让快乐从这个世界上消失。

◎ 成长路上，我们总有一两个好伙伴，两三个心结，四五个梦想……如果这些都能被解决，都能被实现！

欧奈莉的爸爸妈妈都很忙，没有时间关心她；安奈莉有八个兄弟姐妹，但她却总是被遗忘的那一个。两个孤单的小女孩成为了朋友，还意外拥有了一栋属于她们两个的房子，这一切都太神奇了：专属于两个小女孩的客厅、厨房、卧室和玩具屋……这里有她们梦想的一切，这里的一切都让她们喜欢至极。她们在这里开心地生活着，办生日派对招待她们的家人朋友，受伤的心灵得到安慰；不过，可别以为这里没有麻烦，该如何处理与隔壁神秘邻居的关系呢？在这里，欧奈莉和安奈莉找到了归属感，获得了真正的成长，她们还收留了一家子“奇特”的人呢！一起来参与她们的故事吧！